AF467239

LA

COMPARUTION DES PAROISSES

EN 1789

PAR

ALEXANDRE ONOU

Extrait de la *Révolution Française.*
(14 mars et 14 avril.)

PARIS
IMPRIMERIE DE LA COUR D'APPEL
L. MARÉTHEUX, Directeur
SOCIÉTÉ ANONYME AU CAPITAL DE 135,000 FRANCS
1, RUE CASSETTE, 1

1897

L²³e
318

A la Bibliothèque Nationale
hommage de l'auteur
A. Onou.

LA

COMPARUTION DES PAROISSES

EN 1789

PAR

ALEXANDRE ONOU

Extrait de la *Révolution Française.*
(14 mars et 14 avril.)

PARIS
IMPRIMERIE DE LA COUR D'APPEL
L. MARETHEUX, Directeur
SOCIÉTÉ ANONYME AU CAPITAL DE 135,000 FRANCS
1, RUE CASSETTE, 1

1897

Extrait de la *Révolution française*
(Cahier de Mars 1897.)

LA
COMPARUTION DES PAROISSES
EN 1789

Au commencement de l'année 1789, Louis XVI fit annoncer à tous ses fidèles sujets qu'il avait besoin de leur concours pour trouver un remède efficace aux maux de l'État. Il fallait pour cela que les habitants de chaque ville et village, ayant rôle séparé d'imposition, rédigeassent leurs cahiers de doléances et députassent leurs représentants aux assemblées des bailliages et sénéchaussées. Le peuple, dont l'éducation politique n'avait consisté jusque-là qu'à apprendre à se taire, accomplit ces opérations compliquées avec un empressement et une intelligence qui réjouirent le cœur des patriotes. Les contemporains s'aperçurent avec satisfaction que la plupart des villes et villages convoqués rédigèrent leurs doléances, et que peu de localités manquèrent à l'appel.

On ne saura jamais combien d'hommes prirent part individuellement aux opérations électorales du Tiers état. Toutes les statistiques de ce genre, à commencer par celle de Rabaut Saint-Étienne, ne sont fondées que sur de pures suppositions. Mais nous possédons en revanche des documents relatifs à la représentation collective des villes, paroisses et communautés par leurs députés, porteurs des doléances populaires aux assemblées de second et troisième degré. Leur comparution, soigneusement consignée aux procès-verbaux, et les défauts donnés contre les non comparants, permettent de déterminer indirectement le degré d'ardeur que mit le Tiers état à l'accomplissement de ses devoirs de citoyen.

On sait que le nombre des non comparants fut insignifiant relativement à celui des comparants. Telle est l'impression générale qu'eurent les contemporains de ces grands événements. L'histoire s'est contentée jusqu'à présent de cette constatation vague et générale. Mais cela ne suffit pas; car, si les défaillants furent en minorité, ce fut une minorité assez considérable. On n'a pas encore tenté d'établir la proportion exacte; mais, si l'on consulte les procès-verbaux des assemblées de bailliages et sénéchaussées, l'on peut évaluer les abstentions à un millier de localités.

Ces bourgs et villages, en qualité d'unités collectives, représenteraient une centaine de mille hommes. Et comme on peut être certain que, même dans les localités comparantes, une partie seulement des personnes ayant droit de vote usèrent de ce droit, cela élèverait le nombre des abstentions individuelles à des quantités assez considérables.

Cette question mérite d'être traitée avec toute la précision possible, car elle touche à un problème capital de la convocation de 1789, concernant l'action populaire aux élections. La statistique des abstentions une fois dressée, l'on pourra chercher les causes qui les produisirent.

Un premier pas dans cette voie a été fait par M. Chassin, à qui revient l'honneur d'avoir inauguré l'étude sérieuse de la convocation (1). Mais le nombre des faits qu'il cite est trop insuffisant pour donner matière à conclusion. La question fut reprise quelques années plus tard par un savant russe, M. Kareief (2), d'une façon beaucoup plus complète. Toutefois cet historien, comme M. Chassin, ne pouvait qu'indiquer la route à suivre, sans traiter à fond une question qui ne touchait qu'indirectement à l'ensemble de son sujet.

Quant aux historiens des provinces, ils n'abordent la comparution qu'en passant, sans lui attribuer l'importance qu'elle nous paraît avoir (3).

Il serait nécessaire de faire une analyse d'ensemble de la comparution des paroisses dans toute la France autant que possible. On enregistrerait de la sorte le nombre des abstentions, et on en rechercherait les causes. Les éléments de ce travail, que nous allons entreprendre, se trouvent dans les cartons de la série B^a et les in-folios de la collection Camus aux Archives nationales. La principale source de nos informations, ce sont les procès-verbaux des assemblées de bailliages et sénéchaussées, où, après appel fait des représentants de localités convoquées, on donnait défaut contre les non comparants.

(1) *Génie de la Révolution*, I, 155-157.

(2) Son ouvrage remarquable : *Les paysans et la question des paysans en France au XVIIIe siècle*, Moscou, 1878, in-8, paru en russe seulement, a, par cette raison, passé presque inaperçu en France. Le chapitre consacré à la convocation (336-395) donne une analyse, unique dans son genre, de la comparution des paroisses.

(3) Duval, *Cahiers de la Marche*, 1873. — Fleury, *Élections aux États généraux de 1789 en Vermandois*, 1872. — Barrau, *1789 en Rouergue*, t. I, Sénéchaussée de Rodez, 1873. — Desjardins, *Le Beauvoisis, le Valois, le Vexin Français et le Noyonnois en 1789*. — Cornillon, *Le Bourbonnais sous la Révolution*, 1888. — Babeau, *Histoire de Troyes pendant la Révolution*, 1873. — Mondenard, *Cahiers de l'Agenais*, 1889. — Pâris, *Cahiers du bailliage de Reims*, 1869. — Labot, *Convocation des États généraux et législation électorale*, 1866. — Proust, *Archives de l'Ouest*, 1867. — Chancel, *L'Angoumois en 1789*, 1847. — Combarieu, *Assemblées du Quercy*, 1889. — J. Viguier, *La convocation des États généraux en Provence*, 1896. — Boivin-Champeaux, *Notices historiques sur la Révolution dans l'Eure*, Evreux, 1868.

Pour éviter tout malentendu, nous désignerons comme paroisses défaillantes toutes les localités qui n'élurent point de députés. Le mot « paroisse » avait une signification plus étroite, mais nous l'emploierons indistinctement, pour simplifier, comme on dit couramment *cahiers de paroisses* pour toutes les doléances d'assemblées villageoises. Nous ne nous occuperons que des localités qui, malgré l'assignation à elles donnée, n'ont pas voulu ou n'ont pas pu accomplir les opérations électorales. Quant aux villages qui, tout en ayant droit à la convocation (comme possédant un rôle séparé d'impositions), ne reçurent pas d'assignation, ils n'entrent pas dans le sujet de cette étude. Ces paroisses « non assignées » furent omises par négligence ou parce que les magistrats, chargés de la convocation, ignoraient leur existence.

La convocation se fit trop brusquement, à la hâte, sans que le gouvernement donnât à ses agents le temps de bien organiser et soigner le détail. Du reste, les omissions étaient d'autant plus naturelles que l'ancien régime était fort mal renseigné sur sa propre organisation, comme l'a démontré M. Brette pour les questions touchant à la convocation. Des paroisses non assignées protestèrent souvent et se firent recevoir aux assemblées de bailliages et sénéchaussées, mais d'autres ne se doutèrent probablement même pas de leur droit, ou ne surent pas réclamer à temps. Aussi se trouvent-elles en dehors de la question que nous traitons, à savoir l'attitude, en face des élections, des habitants de localités solennellement convoqués au son de la cloche et formellement invités à prendre part à la régénération de la France.

On distinguera également les paroisses défaillantes de celles dont les députés furent absents lors de l'appel, et contre lesquels on donnait aussi défaut. Ces derniers purent manquer à cause du temps abominable, des mauvaises routes devenues absolument impraticables, des montagnes couvertes de neige, des rivières débordées, etc. Quelques-uns furent retenus en route par la maladie, les accidents, et peut-être par leur négligence personnelle. Mais les défauts prononcés contre des absents ne pouvaient se rapporter à l'attitude de leurs commettants, distinction qui ne fut pas nettement tracée dans les procès-verbaux.

On désignera donc comme défaillants les villes et villages où l'élection n'eut pas lieu, où la volonté du peuple ne se manifesta pas par une délibération relative à leurs doléances. On considérera, au contraire, comme comparantes, non seulement les paroisses dont les députés firent acte de comparution aux assemblées des bailliages ou sénéchaussées, mais celles-là même dont les députés manquèrent à l'appel, quoique ayant été élus pour s'y présenter.

I

En analysant la façon dont on procédait pour donner défaut contre les non comparants aux assemblées des bailliages et sénéchaussées, on s'aperçoit que les indications tirées sans réserve des procès-verbaux ne correspondent pas entièrement à la réalité des choses. Ces documents doivent être consultés avec la plus grande circonspection, le nombre des défauts y étant singulièrement majoré et exagéré.

Il faut en chercher la cause principale dans la délimitation défectueuse des circonscriptions électorales. La convocation de 1789 fut rattachée à l'organisation judiciaire de l'ancien régime, qui était d'une incohérence incroyable.

Les limites des bailliages et sénéchaussées, devenus des circonscriptions électorales, étaient si mal définies, que des contestations sans nombre existaient entre divers sièges. La convocation ranima ces luttes séculaires et donna libre jeu aux vieilles prétentions. Chaque siège s'était donné pour tâche d'attirer à soi, en les convoquant, les localités contestées, pour créer par ce fait un nouveau précédent, un titre utile à l'avenir en faveur de ses prétentions.

Voilà les habitants d'une paroisse contestée fort embarrassés en recevant simultanément les assignations des divers sièges qui se la disputaient. Ils ne pouvaient satisfaire les uns et les autres en envoyant leurs députés aux assemblées des deux bailliages rivaux.

Alors le siège auquel on avait préféré l'autre prenait sa revanche en donnant défaut contre le village qui s'était parfaitement bien acquitté de toutes les opérations électorales. Les villages contestés choisissaient forcément parmi les compétiteurs. Les uns se rendaient au bailliage « qui avait prévenu » celui dont l'assignation fut reçue plus tôt. Souvent l'on accordait la préférence au siège le plus proche et le plus commode pour les communications. C'était moins cher et plus facile, et puis les bailliages rapprochés avaient plus d'intérêts communs avec ces villages.

C'était aussi pour la plupart du temps la ville où ils avaient, par les mêmes raisons, pris l'habitude de s'adresser pour les affaires judiciaires; par la force des choses, une paroisse contestée avait opté depuis des années, et peut-être des siècles, en faveur d'un des compétiteurs, à l'exclusion de l'autre. On trouve souvent dans les documents l'explication de la préférence qu'accordaient les intéressés. C'est la proximité qui décida des paroisses convoquées par Montreuil-sur-Mer à comparaître à Ardres (procès-verbal); elle fit préférer à six paroisses le siège du

Mans à celui de Château-du-Loir, d'autant plus qu'on y prenait « depuis quelque temps » les registres du baptême (1).

Les députés de Montcy-Notre-Dame, qui préféra Mohon à Château-Regnault, firent une déclaration curieuse. Leur choix fut déterminé non seulement par la proximité de Mohon, mais « parce que, l'assemblée de « Mohon étant moins nombreuse que celle de Château-Regnault..., elle (la communauté) espérait faire percer ses idées plus facilement parmi un petit nombre que dans une grande assemblée; parce que le bailliage de Mohon n'a cessé de solliciter le syndic de Montcy-Notre-Dame de donner la préférence à son bailliage (2) ».

On voit que les paroisses choisissaient, et leur choix, qui était dans leur droit, faisait honneur à leur indépendance. Les sièges que l'on avait ainsi dédaignés prenaient leur revanche en donnant défaut, ce qui était aussi leur droit. Seulement il est patent que des défauts pareils sont absolument fictifs. Or nous allons en rencontrer en très grande quantité.

La même chose se produisit pour les paroisses mixtes ou mi-parties. C'étaient des localités divisées entre différents sièges, une partie du village relevant d'un bailliage voisin, et l'autre appartenant au ressort d'un siège différent.

Elles offraient quelquefois un spectacle original, ces paroisses, disons ces hameaux, divisés dans des proportions les plus invraisemblables.

Il arrivait que deux ou trois masures, ou le clocher tout seul, ou un morceau de terre sans « aucune habitation » (*sic*), dépendaient d'un autre siège que le reste du

(1) B^a 49, l. 115, 2°. Etat des feux et lettre du lieutenant général au garde des sceaux du 11 avril 1789.

(2) B III, 141, f° 545-556; B^a 78, l. 185, lettre des députés au garde des sceaux, du 15 septembre.

village. L'état des paroisses du bailliage de Langres donne l'indication suivante au sujet de Chameroy : « Il n'y a point aujourd'hui aucune habitation dans la partie de la Champagne (1). »

Et même, s'il n'y avait que le clocher en jeu, par conséquent pas une âme qui vive, le bailliage dont cet édifice dépendait avait droit d'assigner la paroisse et d'en exiger deux députés..., quitte à donner défaut contre l'édifice en question. C'est ainsi qu'on a donné défaut à Montdidier contre la communauté d'Aubercourt, où « il n'y a que l'église de Montdidier, et tout le village est d'Amiens (2) ». Même chose à Mâcon, les communautés de Chapaize et de Versaugues n'ayant pas de député, par la simple raison qu'il n'y avait dans le ressort du bailliage que les deux clochers et le presbytère de Chapaize (3)! Mais prenons un cas moins exceptionnel. Figurons-nous un village assez considérable et dépendant à proportions plus ou moins égales de deux bailliages, qui l'assignent en conséquence. Que devrait-il faire pour contenter tous les deux et éviter qu'on lui donne défaut? Il faudrait faire deux assemblées et élire deux députations séparées!

Une première objection s'imposait : on aurait à défrayer ces nombreux députés, voyageant par des routes impossibles, et séjournant à la ville, où les prix de logement monteraient d'une façon incroyable.

Tout le monde s'inquiétait, en 1789, au sujet des frais de la députation, et la suite a prouvé qu'il y avait de quoi, le gouvernement ayant décidé que cette charge retomberait exclusivement sur les intéressés. On pensait donc qu'une double députation, absolument inutile, reviendrait trop

(1) B[a] 45, l. 101, 6°.
(2) En marge à l'état des paroisses, et procès-verbal du 23 mars. B[a] 67, l. 157, 3°.
(3) Supplément à l'état des feux. B[a] 49, l. 114, 5°, 9°.

cher. Les paysans, en 1789, n'étaient pas assez riches, tant s'en faut, pour se permettre pareil luxe. Et puis, comment trouver des hommes de bonne volonté, et capables, pour fournir des sujets à une représentation tellement exagérée? La question fut très embarrassante, comme nous allons le voir par la suite, même pour une députation normale. Il faut se dire aussi que la division d'un village, homogène par la force des choses, en deux parties distinctes, demandait une bonne volonté, des talents administratifs, une subtilité d'organisation peu ordinaires. Comment fixerait-on la ligne de démarcation bien précise entre les deux parties? Comment expliquer aux électeurs que des voisins font partie d'assemblées différentes? C'était impossible, et les électeurs ne pouvaient s'assembler qu'en bloc, tous ensemble. Sans doute, on pouvait éluder la difficulté en doublant le nombre des députés, que l'on enverrait à deux endroits différents avec deux copies du même cahier. Mais, qui était intéressé à jouer une comédie pareille? La masse des électeurs ne l'était pas. Pour la plupart du temps, ces paroisses mixtes étaient homogènes de fait; elles avaient opté depuis des siècles en faveur d'un des sièges dont elles dépendaient, tout comme les paroisses contestées. C'était plus simple et plus commode, malgré les chicanes ou les avances des bailliages délaissés. Ces derniers s'étaient depuis longtemps résignés à cet état de choses. Mais la convocation vient, et ils en profitent pour exhiber leurs prétentions. Beaucoup de braves gens apprirent peut-être pour la première fois en 1789, qu'ils étaient d'un village « mixte ». Beaucoup d'autres ne purent même rien comprendre, et accueillirent les doubles assignations comme des prétentions absurdes. C'était d'autant plus naturel, que les proportions du fractionnement de ces paroisses étaient très inégales.

Aussi presque toutes les paroisses mixtes, sur lesquelles nous avons des renseignements un peu détaillés, firent comme les paroisses contestées. Elles optèrent pour le siège le plus proche, le plus fréquenté par les habitants, ou bien celui auquel ressortissait la plus grande partie de la communauté. Du reste on vit aussi, par exceptions, des comparutions doubles. Il y avait, dans le bailliage de Cusset, des paroisses non seulement mixtes avec la sénéchaussée de Moulins, mais appartenant en partie à deux différentes provinces, le Bourbonnais et l'Auvergne. « Comme ces paroisses ont deux collectes différentes et deux syndics, elles ont aussi tenu deux assemblées, et chaque collecte a envoyé ses députés au siège d'où elle dépend. » C'était bien naturel pour des villages formant deux unités administratives distinctes ; quant à dix autres paroisses mixtes du même bailliage, elles n'envoyèrent pas de députés à Cusset, n'ayant pas de collectes et syndics différents (1). A Loudun, un excès de zèle porta la communauté de Lerné à envoyer des députés à Loudun, Chinon et Saumur, « quoiqu'il n'y ait qu'une seule maison... qui ne soit du ressort de Loudun ». On pourrait attribuer cela à l'ambition de quelques personnes visant à la députation, car nous voyons un des députés de Lerné se remuer beaucoup à l'assemblée du bailliage (2). Dans tous les cas on ne pourrait équitablement exiger des autres un zèle pareil. La plus grande partie des paroisses mixtes ne voulurent pas, avec raison, satisfaire à toutes les assignations qu'elles recevaient.

Aussi les défauts pleuvaient sur ces villages. A Amiens, à peu près la moitié des 24 défauts fut donnée contre des paroisses mixtes avec le Ponthieu, dont les députés « ont

(1) BIII, 138, f° 599-600 ; B° 68, l. 160, 3°. Observation à l'état des feux.
(2) BIII, 74, f° 239, 465, 469, etc. ; B° 47, l. 111, 4°. Liste des différentes paroisses.

préféré de se rendre à Abbeville par raison d'une grande proximité ». Et ce n'est probablement pas tout, car nous avons encore trouvé par hasard la paroisse d'Argoules, défaillante à Amiens, dans la comparution de Montreuil-sur-Mer (1). A Châteauneuf-du-Faou, en Bretagne, défaut contre Loqueffret, qui comparut à Châteaulin, car son clocher était de cette sénéchaussée (2). Le lieutenant général de Château-Gontier écrivait au Garde des sceaux : « Comme presque toujours dans la même paroisse il y a plusieurs féodalités indépendantes, cela fait que bien peu nous appartiennent à l'entier, et qu'une même paroisse relève souvent de 2 ou 3 bailliages différents ; c'est ce qui occasionne entre les sièges des conflits de juridiction et des usurpations, entre les justiciables des incertitudes et des contestations. Les juges mêmes ne peuvent être que très imparfaitement instruits de l'étendue de leurs juridictions, dont on n'a de connaissance que par celles des fiefs qui les composent. De cette confusion il est résulté que les juges du Mans, d'Angers, de Laval, et peut-être d'autres sièges, ont adressé les lettres du roi pour la convocation des États généraux, et règlements y annexés, à plusieurs paroisses qui sont en partie dans leur ressort et en partie dans le nôtre, et que de mon côté je les ai envoyés pareillement à des paroisses qui relèvent en partie de nous et en partie d'eux ; mais il n'y a pas eu de contestations à cet égard, et il paraît que les paroisses se sont rendues devant le juge qui avait prévenu (3). » Le procès-verbal fait mention, en effet, de 4 communautés (Brissarthe, Chemiré, Sœurdres, Chanteussé) qui ont refusé de recevoir les notifi-

(1) BIII, 4, f° 417. Lettre du lieutenant général au garde des sceaux du 12 avril.

(2) BIII, 38. Ba 25, l. 42. État des paroisses.

(3) BIII, 7, f° 784-786. Ba 13, l. 9, 10°. Lettre au garde des sceaux du 1er avril.

cations et significations apportés par l'huissier, « disant qu'ils en avaient reçu du lieutenant particulier d'Angers ».

A Nonancourt, un certain nombre de paroisses mixtes « ont porté leurs délibérations aux bailliages ayant la plus grande partie de la paroisse mixte dans leur ressort (1) ». Les magistrats de Château-Gontier et de Nonancourt trouvèrent la chose naturelle, ce qui leur fait honneur.

Le Gouvernement expliquait de son côté, et à plusieurs reprises, que les paroisses mixtes étaient maîtresses de leur vote. Le Garde des sceaux donna des réponses en ce sens aux questions qu'on lui adressait de Cusset, de Crépy-en-Valois, etc. Mais, malgré cela, on donnait défaut sans s'inquiéter de la comparution de la paroisse mixte à un autre siège. Le lieutenant particulier de Reims rendait compte au ministre que toutes les paroisses défaillantes, « étant de deux bailliages différents, n'ont pas cru devoir faire deux députations, la partie la plus forte à un parti le plus faible (2) ».

La convocation n'étant pas une comédie, mais une affaire grave et sérieuse, les habitants n'avaient aucune envie de se dédoubler pour faire plaisir à des magistrats.

Les campagnes eurent une représentation suffisante aux assemblées de bailliages et sénéchaussées; aussi, comme règle générale, n'ont-elles pas cherché à augmenter sans nécessité le nombre de leur députés. Telle fut la cause d'une masse de défauts.

Ces défauts n'ont aucune valeur comme témoignages de l'abstention des électeurs de campagnes. Qu'ils soient donnés contre des paroisses mixtes ou des paroisses con-

(1) Lieutenant général au garde des sceaux, 12 mars; BIII, 65, f° 434-437. Ba 40.
(2) 25 avril; Ba 71, l. 170, 4°. BIII 129, f° 491.

testées, ils peuvent être considérés comme nuls et non avenus, si les localités en question comparurent autre part.

Les procès-verbaux de comparution ne furent pas des tableaux absolument impartiaux de l'attitude du peuple convoqué. C'étaient jusqu'à un certain point des comptes rendus à tendance, et ces tendances ne prenaient pas la peine de se cacher. Les magistrats cherchaient avant tout à maintenir les droits et les prétentions de leur siège.

Le lieutenant général d'Orbec écrit au ministre, au sujet de certaines paroisses mixtes : « Ces portions de paroisses ont délibéré avec les habitants des terrains situés sur les bailliages voisins ; quoique en règle, à ce que je crois, j'ai toujours prononcé défaut *pour maintenir les justiciables dans le souvenir du tribunal auquel leurs causes doivent être portées* (1). » A l'assemblée du bailliage de La Marche (réduit à Bar-le-Duc), on donna défaut contre deux communautés qui comparurent à Bourmont « pour servir de mémoire afin de les faire rentrer dans l'arrondissement du bailliage et les tirer hors de celui de Bourmont (2) ».

Le lieutenant de Montereau se plaignait du bailliage de Melun, qui « nous a enlevé » une paroisse (la Grande Paroisse). « Nous nous sommes contentés de donner défaut contre les habitants sans réclamation, persuadés que vous ne tarderez pas à vous occuper, Monseigneur, à former de nouveaux arrondissements (3). » Parmi les défauts donnés à Vic, il y en a quatre bien curieux. « Dans chacune de ces quatre communautés, il y a un certain nombre de maisons formant le Ban l'Evêque, qui dépend du bailliage de Vic ; le surplus fait partie du bailliage de Metz. Ces communautés sont aux portes de cette ville et sont éloignées de Vic de 11 et

(1) B III 65, f° 974. Lettre du 2 avril ; Ba 40, l. 86, 1°.
(2) Observation en marge du procès-verbal. Ba 19, l. 24, 22°.
(3) B III 125, f° 330, 11 mars.

de 12 lieues, en sorte, que, pour s'éviter le voyage de Vic, il est très probable que les habitants du Ban l'Evêque se seront réunis aux autres habitants de chacun de ces villages, comme ne formant qu'une seule et même communauté, ayant les mêmes rôles d'impositions et les mêmes charges. S'ils ont été assignés à comparaître à l'assemblée de Vic, ç'a été principalement *pour faire à leur égard acte de juridiction* (1). » Chaque mot de ce document remarquable vaut la peine d'être médité, tant il met en relief la situation de ces fractions de paroisses mixtes et l'attitude des magistrats à leur égard.

Le bailliage de Taillebourg se plaignait de la comparution de presque tous les villages du ressort à Saint-Jean-d'Angely; le Garde des sceaux répondit au bailli que les paroisses étaient libres de se rendre au siège qu'elles préféraient, mais que le bailliage n'avait pas à s'inquiéter pour cela au sujet de ses droits de juridiction. On voit l'importance qui était attribuée à la comparution des paroisses, puisque le gouvernement était obligé de consoler le bailliage délaissé en le tranquillisant sur le maintien de ses droits (2).

Outre les intérêts de la magistrature, liés aux droits de juridiction, il y eut encore un autre motif très puissant qui poussait à donner le plus possible de défauts. Il fut en jeu partout où il y avait des bailliages et sénéchaussées secondaires, c'est-à-dire là où les élections se faisaient à 3 degrés. La rédaction du cahier général et définitif, et l'élection aux Etats généraux y étaient faites par les électeurs du bailliage principal, conjointement avec ceux des secondaires. Les intérêts locaux et les opinions des différents ressorts, réunis de la sorte, pouvaient être contradictoires;

(1) Observation à l'état des feux. Biii 147, f° 739-740; B° 79, l. 197, 6°.
(2) B° 77, l. 180. Biii, 139, f° 938, 951-959.

aussi chacun cherchait-il à introduire dans l'assemblée générale le plus grand nombre de députés possible pour assurer l'influence de ses vues et de son choix aux opérations définitives.

C'est là que les appétits se déchaînaient avec le plus d'âpreté, chacun tâchant d'empiéter sur le voisin. On n'avait rien à y perdre et tout à gagner. Car les paroisses défaillantes elles-mêmes donnaient, pour la plupart du temps, un supplément de voix aux bailliages qui les avaient convoquées. C'est que, d'après le règlement, l'assemblée générale du siège principal, réuni avec ses sièges secondaires, devait être composée de leurs électeurs, dont le nombre était réduit au quart. Or cette réduction s'opérait, non pas sur le nombre des députés présents, mais sur ceux « qui auraient dû se rendre à ladite assemblée ». Et comme la plus petite communauté avait droit à 2 députés, tout hameau défaillant, toute fraction de village, si petite qu'elle soit, donnait ainsi 2 voix à ceux qui avaient donné défaut contre elle.

Les bailliages et sénéchaussées s'arrachaient les villages en 1789. Les documents sont remplis de récriminations mutuelles. Chaumont-en-Vexin se plaint que Magny, son secondaire, se soit attribué 43 paroisses au lieu de 34, pour se donner de « l'importance (1) ». Montauban protestait contre les autres sénéchaussées secondaires du Quercy, pour avoir exagéré le nombre de leurs représentants, en diminuant par là l'influence de Montauban. La sénéchaussée présenta un mémoire sur l'inégalité de réduction dans les différentes sénéchaussées rivales, ce qu'elle appelait le « forcement » de leur députation. Mais les intéressés n'étaient pas du même avis, et la sénéchaussée de Gourdon

(1) B III, 46, f° 276-281.

constate avec amertume que la députation définitive était tombée entièrement entre les mains de Cahors, siège principal, et Montauban (1). A l'assemblée générale de la sénéchaussée de Rodez, « un des députés... a dit, au nom et de l'aveu de tous les députés du Tiers état de ladite sénéchaussée, qu'il proteste contre le trop grand nombre des députés du Tiers état envoyé par le bailliage de Millau, attendu que ce bailliage n'a dans son ressort que 6 communautés, dont le nombre des députés réduit ne devrait se porter qu'à 4, et cependant ce bailliage s'en donne 16, en faisant entrer dans son ressort un grand nombre de communautés qui n'en sont pas, lesquelles communautés ont été assignées à la réquisition du procureur du Roi, du sénéchal de Villefranche, pour envoyer leurs députés à l'assemblée des trois Etats de cette dernière sénéchaussée, *et que ces communautés ont en effet envoyé leurs députés à Villefranche*, de sorte que les mêmes communautés sont en même temps représentées dans l'assemblée de Villefranche et dans l'assemblée des trois Etats de cette sénéchaussée. Desquels dire et protestation nous avons donné acte aux députés du Tiers état de notre sénéchaussée, et aux députés du bailliage de Millau de leurs protestations contraires ». Le lieutenant général de ce dernier écrivit au Garde des sceaux, d'une façon embarrassée (le 10 avril), que les communautés en question n'ont pas eu de double députation, qu'elles ont profité « de l'option qui leur avait été laissée », qu'« elles ont donné la préférence à celle des juridictions qui leur a été la plus convenable »... Seulement, il ne disait pas que, contre ces 10 villages, parfaitement en règle, lui lieutenant général avait donné défaut, ce qui pouvait les faire considérer indifférentes au bien public.

(1) BIII, 126, f° 308-316, 317, 626.

Toute cette polémique a cela de curieux, que c'est une sénéchaussée étrangère au débat qui proteste au nom de la justice contre les prétentions de son bailliage secondaire(1). Dans la sénéchaussée de Saint-Flour, le bailliage secondaire de Vic en Carladès se déclare lésé parce qu'on a « grossi la représentation » de Saint-Flour, Aurillac et Andelat à ses dépens; « ils ont refusé toute réforme de doubles emplois : elle aurait rétabli l'équilibre (2) ». A Brives, le procès-verbal revendique les droits de la sénéchaussée sur 7 paroisses comparues à Tulle, et, « pour diminuer l'influence » des autres sénéchaussées, on donne défaut contre elles (3).

A Saint-Pol, 23 communautés sur 27 non comparantes se présentèrent à Arras et aux autres bailliages secondaires de cette gouvernance, « attendu leur éloignement » ; le lieutenant se plaint à Barentin que cela « va diminuer le nombre de nos députés », c'est pourquoi leur comparution à d'autres sièges « ne doit pas empêcher de donner défaut contre eux (4) ».

A écouter les lamentations des intéressés, on dirait que chaque siège fut la modération même, et toujours la victime des empiètements de ses rivaux.

La sénéchaussée du Dorat (Basse-Marche) affirme que 4 baronnies manquèrent en bloc, « vu que la sénéchaussée de Poitiers cherche tous les moyens pour usurper ces justices », que les 62 défauts individuels prononcés à l'assemblée sont un minimum bien modeste, car on aurait dû donner défaut contre 90 députés. A Poitiers, on en pensait naturellement tout le contraire (5).

(1) BIII, 130, f° 244-245, f° 561-566. Ba 73, l. 173, 7°.
(2) BIII, 136, f° 678. Ba 41, l. 87, 3°.
(3) Procès-verbal du 14 mars. Ba 84, l. 207, 208, 4°.
(4) Lettre du 28 mars. Ba, 15, l. 14.
(5) Lettre du sieur Feydeau, de Poitiers, 29 juin. BIII, 24, f° 356.

BIBLIOTHÈQUE NATIONALE R.F. IMPRIMÉS

Mais c'est surtout le siège de Bellac, secondaire, qui s'indigne contre le Dorat et vante à son tour sa propre modération. Il affirme que, dans les 9 paroisses défaillantes à Bellac, on n'a pas compris nombre de paroisses mixtes, qui ne furent même pas convoquées. (Notons cependant que les 9 paroisses en question sont mixtes également et tout à fait insignifiantes.) Le lieutenant général écrivait à Barentin (23 mars) : « Arrivé au Dorat, j'ai trouvé que ces messieurs avaient opéré bien différemment que moi, puisque non seulement ils ont nommé des députés pour les paroisses de leur ressort, mais encore pour beaucoup de paroisses de la sénéchaussée de Poitiers, et notamment pour des paroisses relevant absolument en totalité à la sénéchaussée de Bellac, ce qui leur a fait un nombre considérable de députés, tandis que j'ai laissé plusieurs paroisses mi-parties, soit avec les sièges de Limoges, Montmorillon et même du Dorat, notamment celle de Voulon, qui est à la porte du Dorat. » Un mémoire envoyé à Necker accuse le Dorat d'avoir donné défaut contre les paroisses de Rançon, Peyrat et Saint-Barbant, lesquelles « relèvent entièrement et absolument du siège de Bellac », d'avoir donné défaut contre 62 députés « sans avoir fait notifier à la plus grande partie des communes, d'où ces députés chimériques ont été comptés ; nous affirmons, d'après les seigneurs et habitants de la plus grande partie des dites paroisses, que le siège de Dorat n'y a aucune juridiction (1) ». Voilà à quoi se réduisait cette modération dont chacun se targuait aux dépens du voisin. Quant aux députés « chimériques », le mot était juste.

Du reste cette âpreté dans la chasse aux paroisses eut aussi des exceptions, qu'il faut noter. On trouve dans la

(1) BIII, 24, f° 404-409, 428-443. Ba 38, l. 80, 2°, 6°.

masse des magistrats qui surent garder une juste mesure dans la défense de leurs droits.

« Je me suis particulièrement attaché, écrit le lieutenant général de Château-Gontier, aux paroisses les plus voisinaires, les plus connues, et à celles qui prennent leurs registres à notre greffe, et qui nous ont toujours connus pour leurs juges ; il y en a beaucoup d'autres, fort éloignées et plus proches d'autres sièges, et qui ne dépendent qu'en petite partie de nous, ne font aucun acte justiciable devant nous. » Elles ne furent pas convoquées. Son collègue de Nonancourt ne donna pas défaut contre des paroisses mixtes qui ont porté leurs délibérations aux bailliages ayant la plus grande partie de la paroisse mixte dans leur ressort. A Ardres, on refusa d'admettre trois paroisses du bailliage de Montreuil, qui se présentèrent à cause de la proximité de la ville. On se montra ainsi « plus modérés que nos compétiteurs », c'est-à-dire que le bailliage de Montreuil-sur-Mer, qui empiétait sur la sénéchaussée (1). Le bailliage de Vic en Carladès prétend qu'il n'a pas convoqué les habitants de villages dont les chefs-lieux sont du ressort d'un autre siège et les paroisses contestées, dont le provisoire a été adjugé à autrui. Le lieutenant général de Lorris, « à la différence de quelques sièges », n'a pas convoqué toutes les paroisses mixtes, mais seulement celles dont les clochers se trouvent dans son arrondissement. « De cette manière, l'assemblée du Tiers état du bailliage de Lorris ne s'est trouvée composée que de 36 membres, et, *en suivant le procédé de quelques autres sièges*, elle aurait été augmentée de 28 députés (2). » A l'assemblée de Compiègne, on donna défaut contre toutes les paroisses de la prévôté de l'exemption de Pierrefonds,

(1) B[a] 29, l. 48, 2°. Lettre du lieutenant à Barentin, 1er mars.
(2) Lieutenant général à Barentin, 16 mars. BIII 90, f. 631.

auxquelles on prétendait; mais, quand le procureur du roi proposa de se réduire au quart « tant des députés présents que des dits absents », l'assemblée, avec le lieutenant en tête, eut la pudeur de ne pas y consentir (1). Malheureusement, ce sont des exceptions. Si ces mêmes principes avaient dirigé partout l'attitude des magistrats, la tâche de l'historien aurait été aisée. Mais c'est le contraire qui fut la règle. On avait une véritable rage de poursuivre les paroisses mixtes ou contestées par des assignations, et l'on ne manquait pas de donner défaut, quand c'était possible.

Du reste, ce fut même quelquefois la planche de salut pour des assemblées trop peu nombreuses. A Murat, 3 paroisses seulement se présentèrent à l'assemblée, dans la personne de 8 députés, ce qui aurait fait, après la réduction, 2 députés seulement à envoyer à l'assemblée de Saint-Flour (sénéchaussée principale). Mais on sauva la situation en donnant défaut « pour conserver l'influence ». Les voix des défaillants, réduites au quart, produisirent encore 7 députés; cela faisait 9 députés. Alors les 8 députés présents s'adjoignirent le lieutenant et se donnèrent mutuellement pleins pouvoirs. On vit ainsi le spectacle paradoxal de 8 personnes donnant 9 députés, après avoir été réduits au quart (2).

A Taillebourg, sur la ville et 7 paroisses comparantes, on donna défaut contre 27 paroisses comparues à Saint-Jean-d'Angely (3). A Saint-Dizier, la ville et 11 paroisses comparantes contre 17 paroisses contentieuses avec Vitry; on donna défaut contre ces dernières, ce qui fournit 34 voix de plus, et 62 voix avec celles des 28 députés présents. On eut donc cette arithmétique singulière de 15 députés

(1) Procès-verbal, 9 mars. Ba 79, l. 187, 3°.
(2) Ba 41, l. 87, 1°.
(3) Procès-verbal.

formant le quart d'une assemblée de 28 personnes (1).

On voit bien que les défauts servaient à quelque chose, et les intéressés en profitèrent largement. Comment s'étonner alors du fait que les bailliages se disputaient âprement les morceaux et ne s'en dessaisissaient pas volontiers? On vit se présenter à l'assemblée de Compiègne 2 députés de la paroisse de Chevrières, déclarant « avoir été induits en erreur par l'assignation qui leur a été donnée à comparoir au bailliage de Senlis, où ils se sont rendus et ont déposé leurs dits pouvoirs et cahier de doléances, déclarant que, sur l'assignation à eux donnée à comparoir au bailliage de Compiègne, dans le ressort duquel la ville de Chevrières est réellement située et en a toujours dépendu, ils ont retourné en ladite ville de Senlis pour retirer leurs dits pouvoirs et cahier de doléances, ce qui leur a été refusé (2) ».

Mais on n'en finirait pas d'enregistrer les différentes formes que prenait cette attitude des sièges les uns vis-à-vis des autres. Il suffit de constater qu'elle eut un résultat immédiat, de la plus grande importance pour la question qui nous occupe, celui de produire une majoration extrême des défauts. Et ce n'est pas tout.

Ces documents resteraient sujets à caution, même en admettant que toutes les paroisses mixtes et contestées fussent soigneusement vérifiées. Les procès-verbaux ne tracent pas de ligne de démarcation bien nette entre les députés absents et les localités défaillantes. Les préliminaires de la convocation en province furent opérés avec une si grande précipitation (M. Kareief insiste sur ce point), que beaucoup de paroisses n'eurent pas le temps de terminer leurs opérations à point. C'était encore bien

(1) B[a] 86, l. 219, 3°.
(2) BIII, 142, f. 401. B[a] 79, l. 187, 2[3].

pis pour les villages éloignés. On signale bien souvent la comparution, pendant le cours de l'assemblée, de députés contre lesquels il avait été donné défaut précédemment, « suppliant » — tel est le mot officiel — de rabattre le défaut prononcé contre leurs commettants. Cela s'est vu partout — à Langres, Vitry-le-François, Rodez, Bordeaux, Quatre-Vallées, La Rochelle, Pamiers, Agen, Saint-Quentin, etc. D'autres arrivèrent trop tard pour que l'on pùt rabattre le défaut. A La Rochelle, on en refusa au moment de terminer l'assemblée (Procès-verbal). A Chartres, les communautés de Champagne et Marolles envoyèrent chacune 2 députés munis de cahiers, mais ils n'arrivèrent à la ville qu'après la fin de toutes les opérations (1). Que d'autres cas du même ordre ont dù forcément se produire sans laisser de traces!

A l'assemblée du bailliage de Montbrison, commencée le 9 mars, on vit comparaître, le 14 de ce mois, 4 paroisses et parcelles défaillantes, qui invoquèrent comme cause de ce retard les « glaces et le mauvais temps », et 6 autres villages « assignés, mais enfouis dans les neiges », n'ont pu paraître du tout, ce qui les fit protester plus tard contre l'assemblée, qui ne pouvait naturellement pas les attendre (2). Le temps était « affreux » en effet (3), les routes « impraticables », les rivières débordées. C'était surtout terrible dans les pays de montagnes, dont nous aurons des nouvelles tout à l'heure. Les huissiers, porteurs des

(1) Bııı, 45, f° 229. B^a 31, l. 59, 6°.

(2) Procès-verbal et lettre d'un député du Tiers état, Delandine, bibliothécaire de l'Acad. de Lyon, 14 avril. Bııı 67, f° 445. B^a 54, l. 128, 2°.

(3) La place nous manque pour citer toutes les lamentations à ce sujet, se rapportant à toutes les régions de la France, sans exception. — Lectoure, Tarbes, Bordeaux, Moulins, Comminges, Bayonne, Ornans, Nonancourt, Orbec, Brive, Uzerche, Mende, Montpellier, Saint-Diez, Mont-de-Marsan, Nérac, Casteljaloux, Boiscommun, Yèvres-le-Châtel, Rodez, Le Puy, Lauzerte, Tartas, Toul, Villeneuve-de-Berg, Bergerac, Roussillon, Poitiers, etc., etc.

assignations, « commirent une espèce de miracle », et les députés qui devaient paraître aux assemblées durent opérer le même miracle (1). « Tout conspire contre le bien, même les éléments », écrivait le lieutenant général d'Agen ; le même personnage avoua que quelques paroisses, « perdues dans un pays affreux et éloigné, auront reçu les assignations trop tard, mais je ne puis triompher des éléments (2). » Du reste, les hommes y étaient aussi pour quelque chose.

Dans la sénéchaussée de Poitiers, un grand nombre de campagnes, assignées par erreur à se présenter le 16 mars, manquèrent à l'assemblée, qui commença le 9 de ce mois. On leur avait donné sursis jusqu'au 17; mais, les opérations étant finies la veille, ce fut la séance de clôture qui eut lieu ce jour-là. Beaucoup de villages manquèrent alors définitivement, sans que l'on puisse répondre que leurs députés ne fussent pas encore en route (3).

C'est du reste un cas exceptionnel, mais il était très fréquent que les assignations arrivassent trop tard, ce qui causait le retard des députés. Le juge mage de Castelnaudary avoue que « quelques communautés de l'extrémité du ressort, et fort éloignées de cette ville » firent défaut, ayant été assignées « un peu tard », à défaut d'un nombre suffisant de placards « que j'attendais de recevoir tous les jours (4) ».

Les erreurs et inadvertances que commirent les bureaux centraux de Paris (signalées par M. Brette) contribuèrent considérablement à cet état de choses, en produisant une

(1) Lieutenant d'Alsace à Barentin, 18 avril. Ba 45, l. 97.
(2) Lettres à Barentin du 26 février et du 8 mars. Ba 9, l. 2, 2°.
(3) Procès-verbal et lettre de l'intendant à Necker du 15 mars, Ba 68, l. 161, 3°, 6°.
(4) Lettre à Barentin, 20 mars. BIII, 42, f. 286. Ba 30, l. 52, 2°.

incohérence fièvreuse dans le fonctionnement des opérations préliminaires de la convocation.

Enfin les députés purent manquer par des raisons personnelles. Les procès-verbaux mentionnent souvent des représentants « malades en route (1) », « absents pour cause de maladie », etc. — ceux qui donnèrent signe de vie. Mais les députés malades, qui n'eurent pas la possibilité d'en prévenir les assemblées, faisaient donner défaut contre leurs commettants. Il y eut des abstentions pour différentes raisons, bonnes ou mauvaises, l'indifférence pour la cause publique y étant aussi pour quelque chose peut-être. Mais les électeurs ne peuvent répondre pour leurs représentants, plus ou moins dignes de la confiance à eux témoignée. Malheureusement, par la force des choses, cette distinction entre les absents et ceux que nous sommes convenus d'appeler défaillants était difficile à tracer; du reste les rédacteurs des procès-verbaux ne s'en préoccupaient même pas. Paroisses mixtes, paroisses contestées, députés absents, tout retombait sur les électeurs, tout était mis sur le compte des abstentions.

Mais il y a bien pis encore. Faute de bien connaître leur géographie et le reste, les magistrats commettaient des erreurs grossières et des méprises plus ou moins graves. A Chartres, on fit l'aveu d'avoir donné défaut contre 11 communautés, « assignées par erreur (2) ». A Dourdan, même histoire — on convoqua la communauté d'Egly,

(1) On écrit de Tulle à Necker, BIII, 73², f° 230, 13 mars : « Une grande partie des campagnes n'est nullement représentée, parce que, dans l'intervalle de leur nomination de députés aux assemblées des sénéchaussées, plusieurs desdits députés sont tombés malades, et que le règlement ne donnant pouvoir qu'au clergé et à la noblesse de déléguer, sans parler du Tiers état, on prétend que les députés du Tiers malades ne peuvent pas se faire représenter par procuration, cette difficulté s'étant présentée dans diverses paroisses. »

(2) Observation à l'état des feux, BIII, 45, f° 229.

relevant du Châtelet de Paris (1). A Langres, on donna défaut contre une communauté n'ayant pas rôle séparé d'impositions (2). A Saint-Yrieix, contre 2 villages dans le même cas (3). Il est quelquefois difficile de dire si ces erreurs sont commises sans aucune arrière-pensée. Que dire ou penser du lieutenant général de Colmar, avouant que « l'état des non comparantes est presque entièrement composé de simples hameaux qui n'ont ni paroisses, *ni rôle séparé d'imposition;* je n'en ai fait faire le relevé que parce qu'ils ne sont pas nommés expressément dans les procès-verbaux de délibérations des communautés principales dont ils dépendent, quoique préalablement ils aient été compris dans l'énumération des feux de ces communautés, *et qu'ils aient concouru* à la rédaction des doléances et à la nomination de leurs députés (4) ». Le lieutenant général de Limoux rapporte que, sur 24 défauts, 4 communautés seulement avaient rôle séparé d'impositions; quant aux autres, elles se sont réunies aux villages les plus prochains (5)! On convoquait et donnait défaut contre des communautés fictives, contre des noms géographiques sans âme qui vive. Draguignan convoqua un assez grand nombre de « paroisses *inhabitées* » (*sic*), qui députèrent en effet (6), à l'exception de 3, contre lesquelles il fut donné défaut! Quelquefois il n'y avait même pas d'habitants fictifs pour motiver cela. La Napoule, communauté contre laquelle il fut donné défaut à Grasse, n'avait même pas de propriétaire du Tiers état : « Le village est déguerpi et la communauté est représentée par le sei-

(1) BIII 63, f° 66. B^c 39, l. 82, 6°.

(2) Morimond, compris dans le Fresnoy. B^a 45, l. 101, 6°. Etat des feux.

(3) Courbefy et Villemont, qui députèrent conjointement avec Saint-Nicolas et Saint-Éloi. BIII, 73[1], f° 716. Lettre du lieutenant particulier à Barentin, 7 avril.

(4) Lettre à Barentin, 12 avril. BIII 49, f. 368-371.

(5) B^a 47, l. 109, 5°. 29 mai.

(6) Ces députations étaient probablement fictives.

gneur (1). » Parmi les défaillants à Arras, on trouve Gorre, « simple prieuré de Saint-Waast, point d'habitant », et 5 hameaux compris dans d'autres villages auxquels ils étaients réunis (2). Mais c'est Villeneuve-de-Berg qui donne la note comique. Il fut décerné défaut contre la communauté de Saint-Julien-Lachamp, mais « c'est par erreur que le secrétaire a compris dans le verbal la communauté de Saint-Julien-Lachamp; elle est la même que celle de Lachamp-Raphaël, le peuple lui donne vulgairement ces deux noms; l'huissier a donné lieu à cette méprise (3) ». On donnait défaut bien facilement, et il est curieux que toutes les inexactitudes inévitables, ainsi que toutes les fautes grossières dont nous avons connaissance, aient toutes la même tendance générale de grossir les défauts.

Cette majoration des chiffres de l'abstention fut parfois intentionnelle, mais bien souvent aussi involontaire et d'autant plus inévitable. Un lieutenant général, préoccupé du succès des opérations électorales, n'avait ni le loisir ni le souci de vérifier les causes de la non-comparution. Quand il y avait des renseignements sur ce point, on les donnait, mais sans trop les chercher, sans les trop mettre en évidence.

Aussi l'historien doit-il rester embarrassé en face de cette espèce de réquisitoire à tendance, dressé contre les villes et villages de France, sans intention de calomnie, il est vrai, mais néanmoins singulièrement inexact. Ce réquisitoire fut l'acte dressé aux comparants de leur comparution et défaut donné contre les non comparants.

(1) Observation à l'état des paroisses.
(2) Observation à l'état des feux. Ba 13, l. 15, 7o.
(3) Procès-verbal, 26 mars, et Lettre du lieutenant général du 8 mai, Ba 85, l. 217, 5o, BIII, 156, fo 769-771.

II

La comparution des paroisses n'a pas encore été étudiée dans toute sa largeur et jusqu'au fond. Les historiens ont glané par-ci, par-là, sans s'inspirer de la salutaire méfiance que nous espérons provoquer par cette étude. Chaque défaut qu'ils trouvent au procès-verbal représente à leurs yeux un symptôme d'abstention. Or abstention veut dire indifférence. Les localités non comparantes sont plus ou moins mises à l'index, comme n'ayant pas rempli leurs devoirs d'hommes libres, de citoyens invités à coopérer à la régénération de la France. M. Chassin, malgré sa vive admiration pour les hommes de 1789, et tout en déclarant que la comparution fut remarquablement complète, admet prudemment qu'il y a eu peut-être 2 ou 3 provinces que l'on peut taxer d'indifférence. « Il serait difficile, dit-il, de citer plus de 2 ou 3 provinces, où l'indifférence des paysans se soit traduite par de notables abstentions (1). » M. Duval déclare que la Pouge a « négligé » de se faire représenter, car l'assemblée de Guéret donna défaut contre ce hameau. Négligé! Pour le Limousin, M. Duval parle d'indifférence. « La même indifférence pour les intérêts publics, que l'on ne saurait attribuer uniquement, comme le prétendait l'intendant, « à la pauvreté et aux habitudes laborieuses des « Limousins qui leur permettaient difficilement de quitter « leurs travaux » avait fait échouer, en 1787, l'établissement d'une assemblée provinciale de Limoges (2). » Les habitants de la Marche, au contraire, prouvèrent leur intelligence politique, et « ce pays est peut-être le seul où l'on ne puisse signaler qu'une abstention » (! ?). Nous pouvons assurer

(1) *Génie de la Révolution*, I, 155.
(2) *Cahiers de la Marche*, Paris, 1873, pp. 173-175.

à M. Duval que ce n'est pas le seul. On va voir plus loin que la comparution fut *absolument complète* dans environ 130 sièges et que dans un nombre égal de ressorts il n'y eut pas plus de 3 « abstentions » en moyenne. Mais revenons au chapitre de l'indifférence.

M. Viguier (1) est également sévère pour les non comparants; il parle de l'étroitesse de vues de certaines communautés, à l'occasion de la réduction du nombre de leurs députés, et ajoute ironiquement que 6 communautés de la sénéchaussée de Forcalquier avaient si bien réduit leur députation qu'elles firent défaut tout à fait.

Dans cet ordre d'idées, que dirait-on des 83 communautés défaillantes à Arras, 55 à Moulins, 36 au Puy en Velay, 62 à Rodez, 40 à Clermont-Ferrand, 30 à Rennes, 26 à Chartres, 25 à Carcassonne, 24 à Amiens et à Troyes, etc.? Négligence, indifférence, étroitesse de vues! Heureusement qu'une grande partie de ces défauts n'existe que sur le papier seulement, chose dont on ne s'était par aperçu jusqu'à présent.

Cela une fois posé, deux questions se présentent. Combien de défauts peut-on admettre comme chiffre authentique des abstentions de localités convoquées? Et à quelles causes peut-on attribuer ces abstentions?

La première de ces questions ne pourra être entièrement résolue que lorsque toutes les paroisses mixtes et contestées auront été mises en évidence. Ce travail immense rentre dans le cadre des recherches de M. Brette, qui, dans l'introduction du tome I des Documents relatifs à la convocation, promet d'établir la délimitation précise des circonscriptions électorales. Quand cette vérification aura été faite

(1) *Convocation des États généraux en Provence*, pp. 224-225. Le piquant de la chose, c'est que la principale de ces paroisses défaillantes était mixte ou contestée avec la sénéchaussée de Digne.

pour toute la France, jusqu'au plus misérable hameau, ce n'est qu'alors seulement que le nombre exact des communautés véritablement défaillantes pourra être fixé avec une authenticité complète.

Mais une partie de ce travail peut être effectuée immédiatement, car le nombre des défauts se laisse réduire considérablement dès à présent sur les indications des documents, auxquels il faudra toujours s'adresser en définitive.

Il est utile en même temps de préparer les éléments de l'enquête définitive, en discutant la méthode à suivre dans ces investigations. Une conclusion très importante peut être acquise dès à présent, à savoir que, dans une quantité énorme de bailliages et de sénéchaussées (environ 130), *toutes* les paroisses convoquées comparurent à leurs sièges respectifs ou à l'un de ceux qui les contestaient, et tous les défauts, s'il en fut donné, peuvent être considérés comme nuls et non avenus. Les cadres d'un article de revue ne permettant pas d'entrer dans de plus amples développements, nous donnerons en abrégé le résultat de nos recherches. Nous avons trouvé, pour bon nombre de bailliages ou sénéchaussées, des affirmations catégoriques (1) des baillis, sénéchaux et lieutenants généraux ou particuliers, comme quoi toutes les paroisses convoquées comparurent sans aucune exception (2).

Ce sont les bailliages et sénéchaussées de Boulogne, Calais, Mortain (secondaire), Nonancourt (sec.), Saint-Sauveur-le-Vicomte (sec.), Douai et Orchies, Briey, Commercy, Thiaucourt, Etain, Villers-la-Montagne, Bitche, Lixheim,

(1) Ces témoignages ont une autorité absolue, vu qu'ils émanent des magistrats qui accomplissaient les opérations préliminaires des élections. Ils sont consignés, soit dans des lettres adressées au garde des sceaux, soit en forme d'annotations à l'état des feux ou en marge du procès-verbal de comparution.

(2) Les députés absents ne comptent pas.

Carignan, Montmédy (sec.), Mohon, Mouzon, Blamont, Noményy, Thionville, Sarrebourg et Phalsbourg, Darney, Épinal, Remiremont, Saint-Dié, Clermont-en-Argonne (1), Orgelet (sec.), Marville (sec.), Semur-en-Auxois, Besançon, Château-Thierry, Magny (sec.), Dijon, Gien, Villeneuve-le-Roi (sec.), Épernay, Guise (sec.), Toul, Trévoux, Hédé, Hennebon, Condom, Cerdagne (sec.), Brouage (sec.), Oleron (sec.), Isle-Jourdain (sec.), Barcelonnette (préfecture), Brignoles.

Pour un certain nombre de sièges, la même conclusion peut être tirée indirectement du procès-verbal et de l'état de comparution. Malheureusement ces informations ne sont pas toujours claires. Ainsi les procès-verbaux constatent parfois qu'il fut donné défaut contre les non comparants, sans les nommer; or, ces derniers pouvaient être des députés absents seulement. Quand les procès-verbaux ne mentionnent pas que l'on ait donné défaut du tout, ce silence ne peut donner matière à conclusion, que si c'est un procès-verbal des trois ordres d'un siège n'ayant pas de secondaires, où l'on indique la liste complète des non comparants, dans le clergé et la noblesse, et personne dans le Tiers état.

Les bailliages et sénéchaussées dont les procès-verbaux permettent de considérer la comparution comme complète, sont : Alençon, Cany (secondaire), Avesnes, Bayeux (sec.), Saint-Lô (sec.), Pont-Audemer (sec.), le Havre (sec.), Bouchain (sec.), Condé (sec.), Longuyon, Pont-à-Mousson, Saint-Mihiel, Sarreguemines, Fenestranges, Longwy, Bruyères, Fismes (sec.), Neufchâteau (sec.), Bar-sur-Seine, Vierzon (sec.), Concressault (sec.), Bourg-Argental (sec.), Chalon-sur-Saône, Lorris (sec.), Yèvre-le-Châtel (sec.), Jugon

(1) Les députés de la ville de Clermont quittèrent, en protestant, l'assemblée tenue à Varennes.

(sec.), Quimper, Guérande, Aix, Castelmoron, Nîmes, Orange, Saint-Séver-en-Rustaing.

Les sièges suivants peuvent être considérés comme ayant une comparution complète, parce que tous les défauts y sont nuls et non avenus : Quesnoy (1), Ardres (secondaire) (2), Givet (sec.) (3), Bouzonville (4), Sedan (5), Romorantin (sec.) (6), Crépy-en-Valois (7), Nuits (sec.) (8), Brives (sec.) (9), Neuville-aux-Loges (sec.) (10), Reims (11), Carhaix (12), Châteauneuf-du-Faou (13), Saint-Aubin-du-Cormier (14) Draguignan (15), Grasse (16), Castellane (17), Taillebourg (sec.) (18), Saint-Jean-d'Angely (19), Bayonne (sec.) (20) Comminges et Nebouzan (21), Auch (22), Millau (sec.) (23), Vic-en-Carladès (sec.) (24).

(1) Boussières comparut à Cambrai.

(2) Le village d'Hocquinghen fut attiré par Montreuil-sur-Mer.

(3) Les villes de Fumay et Révin députèrent directement.

(4) La baronnie d'Yberherrn fut représentée, mais ses députés quittèrent l'assemblée.

(5) Défaut contre 2 communautés contestées depuis un siècle entre le roi de France et le duc de Bouillon.

(6) Courmemin, Langon, Marcilly et Neung comparurent à Blois et Beaugency, 4 autres paroisses convoquées n'étaient pas du ressort.

(7) Noël-Saint-Martin et Ognes comparurent à Senlis, Dammard à Château-Thierry.

(8) Pondrevaux délibéra avec une autre paroisse (Ecuelle).

(9) 7 villages comparurent à Mamers et un au Mans.

(10) Crottes et Bougy comparurent à Orléans.

(11) 7 paroisses mixtes comparurent à Sainte-Menehould, Châlons, Epernay.

(12) Tréogan (mixte) comparut à Gourin, Le Moustoir fut représenté par Trébrivan.

(13) Loquelfret comparut à Châteaulin et l'autre défaut donné contre un village n'ayant pas rôle séparé d'impositions.

(14 Bouxière, Assigny, Saint-Jean-sur-Vilaine, comparurent à Rennes.

(15) Défaut contre des paroisses inhabitées.

(16) La Napoule déguerpie, la Colle-Saint-Paul, réunie à Saint-Pol.

(17) Châteauneuf comparut à Digne.

(18) 27 paroisses comparurent à Saint-Jean-d'Angely.

(19) Les défaillants comparurent à Taillebourg et Tannay.

(20) 36 paroisses formèrent le bailliage d'Ustaritz.

(21) Le Couserans obtint la députation directe.

(22) Fleurance comparut à Rivière-Verdun.

(23) 10 paroisses comparurent à Villefranche.

(24) 11 paroisses se rendirent à Saint-Flour, Murat, Aurillac.

Il y a enfin un certain nombre de sièges où la comparution semble avoir été complète, mais sans que l'on puisse affirmer la chose tout à fait catégoriquement. Ce sont : Avesnes, Caux, Montivilliers (sec.), Evreux, Bourmont, Arbois, Salins, Vézelize, Semur-en-Brionnois (sec.), Quingey (sec.), Gex, Tulle, Marches communes du Poitou et de Bretagne, Châtillon-sur-Marne, Langeais (sec.), Hédé, Lannion, Auray, Brest, Quimperlé, Fougères, Dinan, Pamiers, Quatre-Vallées, pays de Soule, Cognac (sec.), La Rochelle, Rochefort (sec.), Agen.

III

En dehors des sièges indiqués, on observe dans toute la France de plus ou moins nombreuses abstentions.

A quelles causes peut-on les attribuer?

Question très délicate, que l'on ne peut résoudre simplement en parlant de négligence, d'indifférence, d'étroitesse de vues. Car on pourrait en chercher la cause dans les obstacles qu'auraient rencontrés les électeurs pour l'accomplissement de cette tâche. En parcourant les 77 cartons de la série B^a (9-86), ou les 174 in-folios de la collection Camus, on ne trouve pas une seule preuve directe à la thèse d'indifférence. Tout au contraire, l'attitude des villages non assignés dénote un vif intérêt des populations de campagne aux opérations électorales (1).

(1) Un grand nombre venaient aux assemblées, en protestant contre leur non assignation, et faisaient admettre leurs députés ainsi que leurs cahiers. On n'a qu'à consulter les procès-verbaux d'Hesdin, Chartres, Auxonne, Meaux, des Quatre-Vallées, Senlis, Bar-sur-Seine, Anjou, etc. Le lieutenant général de Chaumont-en-Bassigny écrit au garde des sceaux, le 24 avril, que, depuis l'envoi du procès-verbal, il a encore reçu des lettres de quelques communautés qui demandaient de faire accepter leurs doléances avec celles des autres (BIII, 47, f° 359-362). Les habitants de Court, juridiction de Montségur, n'ayant probablement pas rôle séparé d'impositions, adressèrent deux suppliques protestant contre leur non-convocation à Montségur en Bazadois (BIII, 170, f° 1060).

Mais, si l'on cherche des renseignements un peu précis sur le compte des paroisses paraissant avoir véritablement fait défaut, on s'aperçoit que ce sont de tout petits hameaux d'importance nulle.

L'article 31 du règlement général porte que le nombre des députés des campagnes « sera de 2 à raison de 200 feux et au-dessous (1). » Cela voulait dire que tout hameau, toute bourgade, si petite qu'elle soit, avait droit à deux députés.

Le juge mage de Rodez écrivit au Garde des sceaux qu'il y avait aux environs de cette ville « nombre de communautés qui ont chacune un rôle séparé d'impositions, et dans lesquelles il n'y a cependant que 2 ou 3 feux, plusieurs même, où il n'y en a qu'un seul. Ces communautés presque nulles peuvent, à partir de la lettre de l'article 31, envoyer chacune 2 députés ; mais est-ce là, Monseigneur, l'esprit de la loi ? » Il préconisait de grouper ces infiniment petits hameaux par paroisses, ou en tenant compte du voisinage. La réponse du ministre fut un désaveu donné par le gouvernement à lui-même, mais elle était fort raisonnable : « Il est sensible que l'intention de Sa Majesté n'a point été que de semblables communautés s'assemblassent pour députer séparément ; elle n'a voulu donner ce droit qu'à des corporations et communautés qui eussent, par leur étendue et la masse de leurs impositions, des droits à des représentations particulières ; mais, dans le cas dont

(1) La rédaction insuffisante de cet article donna lieu à un malentendu. Le lieutenant de Saint-Dié écrit à Barentin (27 février) que plusieurs députés de petites communautés se sont présentés à lui pour témoigner « leur inquiétude sur le dispositif de l'article 31 du règlement général ; je les ai rassurés de mon mieux en leur disant que j'en ferais part à Votre Grandeur, et en effet, je suis dans la persuasion que l'intention de Sa Majesté est d'admettre chaque communauté de campagne, ayant rôle séparé, quoique n'ayant pas le nombre déterminé de feux par le même article 31, à avoir un représentant... » (BIII, 89, f° 936).

vous parlez, elle laisse à votre prudence à faire le rapprochement des petites paroisses..... Mais vous devez ne vous permettre de faire cet arrangement qu'autant que vous serez assuré qu'il n'occasionnera aucun murmure, l'intention de Sa Majesté étant de préférer des représentations nombreuses à celles qu'on pourrait regarder comme insuffisantes (1). » Du reste, on donna une tout autre réponse au lieutenant général de Reims, qui demandait si les villages ayant moins de seize habitants imposés seraient convoqués comme les autres, ou s'ils seraient réunis à un village voisin. « Il y en a plusieurs, écrivait-il, qui n'ont que l'église, l'habitation du seigneur, son fermier, et 3 ou 4 habitants, et quelquefois moins ». Mais le ministre déclara que toute communauté serait convoquée séparément, quelque petite qu'elle fût (2). A Etampes, le lieutenant général remontrait qu'en donnant à chaque rôle séparé d'impositions 2 députés, la paroisse de Saint-Germain-lès-Etampes, composée de 3 hameaux, aura 6 députés, autant que la ville d'Etampes, et Etréchy 4. Mais le ministre maintient que chaque village à rôle séparé d'imposition aura sa députation séparée (3).

En voyant toutes ces contradictions, on se demande si c'était un droit ou un devoir d'élire 2 députés. Si c'était de rigueur, voilà une terrible corvée que le Gouvernement imposait aux électeurs. Un tout petit hameau de quelques habitants était trop pauvre, et matériellement, et intellectuellement, pour fournir facilement 2 représentants. Il avait peur des dépenses qu'entraîneraient les frais de transport et le séjour des députés à la ville. Et puis trouverait-il des sujets qui voudraient bien accepter sa

(1) BIII, 130, f° 43-56, 23 février. *Ibidem*, f° 127, 11 mars.
(2) BIII, 129, f° 95-100, 15 février; Ba 71, l. 170, 3°.
(3) BIII, 64, f° 42-44, 45.

députation? Plus le paysan était pauvre, moins il était capable de s'arracher aux travaux pressants du printemps. Il était facile à Mgr de Thémines, évêque de Blois, de faire de jolies phrases comme celle-ci : « Il est de la sagesse de chaque citoyen de laisser là son champ et son village pour ne s'occuper que de l'intérêt commun: le sien ne s'y trouve-t-il pas, quand la rosée tombe sur tout le monde ? » Mais ce n'était pas fait pour ceux qui traversèrent l'hiver de 1788, plus morts que vifs, et attendaient le printemps avec l'impatience que l'on conçoit. C'est peut-être pour cela que les campagnes en 1789 confièrent si souvent leurs intérêts à des patriotes et aussi à des ambitieux, appartenant aux classes cultivées. Mais on ne trouvait pas toujours des hommes de bonne volonté et inspirant de la confiance.

La communauté de Salon présenta une délibération (5 février 1789) demandant que les petites communautés au-dessous de 5 feux « soient assez représentées par 1 député». C'est à cette occasion que M. Viguier condamne ce qu'il appelle « étroitesse de vues de certaines communautés. Le vote qu'on leur demandait était chose si oubliée depuis 170 ans et plus, qu'elles ne sûrent trop qu'en faire. Que pouvaient-elles réclamer? Quelque décharge d'impôt... Ce serait coûteux, et on ne sentait pas tout le profit immédiat qui découlerait de cette nouveauté (1). » Nous pensons que les paysans de 1789 n'étaient vraiment pas assez riches pour que l'on puisse leur jeter la pierre, l'élection de 2 députés, même d'un seul, leur étant très onéreuse. Or plus les communautés étaient petites, plus elles devaient s'en ressentir. Aussi le Garde des sceaux ne s'étonna-t-il pas d'une prétention pareille, et la communauté de Réau-

(1) *La convocation en Provence*, p. 224.

ville, l'une de celles qui s'associa à la délibération de Salon, reçut cette réponse : « Comme vous êtes les seuls intéressés à être représentés par un nombre de députés plus ou moins grand, vous êtes absolument maîtres de réduire, etc. (1). »

Malgré tout, le ministre ne pouvait se figurer que l'on envisageât le droit d'élire 2 députés comme un pénible devoir à remplir. Mais les hommes de l'ancien régime, habitués à avoir beaucoup de devoirs et peu de droits, embrouillaient ces deux choses, et l'on vit en 1789 des villages demandant comme une grâce la permission d'user de leur droit comme ils l'entendaient.

Le prévôt de Paris écrivait à Barentin : « Le sieur de la Chaussée, secrétaire interprète de la Reine et propriétaire du fief de la Chaussée, à Morsan-sur-Seine, vient de m'écrire, au nom de la communauté de cette paroisse, pour me demander s'il ne serait pas possible de réduire leurs députés à un seul, attendu que cette paroisse n'est composée que de 24 feux, que *les habitants en sont fort pauvres et ont besoin de tout leur temps pour faire leurs travaux et subvenir à leurs besoins*. Je vous supplie, Monseigneur, de me donner les ordres du Roi à ce sujet, afin que je puisse les faire passer à cette communauté..... Il n'y aurait point d'inconvénient à permettre aux communautés de n'envoyer qu'un député, lorsqu'elles le demanderaient (2) ».

Le ton de cette lettre est significatif. Si le prévôt de Paris lui-même demandait les ordres du roi à ce sujet, de pauvres paysans ignorants de leurs droits devaient abonder dans le même sens. Toujours pas de droits, et un tas de devoirs compliqués et tracassiers !

(1) BIII, 171, f° 549-553.
(2) 4 mars. BIII, 151, f° 194, 195.

Aussi nous pensons que bon nombre de petites communautés, qui fournirent 2 députés, le firent à contre-cœur. On croyait que le roi le voulait.

En parcourant les états des feux et du nombre des députés des villes, paroisses et communautés, on est frappé de la masse de petits hameaux qui envoyèrent 2 députés. L'État de Pamiers signale des hameaux « où il n'y a qu'un feu allumant, une métairie, qui, sous prétexte d'un cahier d'impositions, ont envoyé 2 députés..... Tels sont les fiefs de Sainte-Camelle, Baulias, Lafitte, Péchauriol, Serveillas (1). »

La convocation de 1789 favorise incontestablement les campagnes, et l'on comprend les plaintes et réclamations des villes, au sujet de la représentation comparativement insuffisante que l'on avait accordée à ces dernières.

A l'assemblée de la sénéchaussée d'Aix (2 avril), il fut exposé qu'il n'y avait pas de proportion équitable entre la représentation des grands bourgs et celle des petites communautés ; on chargea les députés aux États généraux de demander une nouvelle règle à ce sujet pour la pro-

(1) B^a 60, l. 148, 7°. Pour démontrer combien ce fait se répétait dans toute la France, nous indiquerons quelques chiffres du nombre des feux de communautés ayant envoyé 2 députés à leurs assemblées respectives. Amiens : 9 f. (Floxicourt), 9 f. (Dourière), 11 f. (3 hameaux), 12 f., 13 f. (2 hameaux), 14, 15, 17 (4 hameaux), 23, 25 (3 hameaux), plus d'une dizaine de hameaux de 25 à 30 feux; Senlis : 10, 12, 17 (3 communautés), etc.; Pontoise : 2, 3, 9, 10, 13, 17, 23, 24; Clermont-en-Beauvoisis : 8 communautés de 17 à 29 feux; Crépy-en-Valois : 8, 9, 16, 17; Magny : 8, 9, 13; Chaumont-en-Vexin : 13, 14, 14; Sainte-Menehould : 2, 4, 6 (3 communautés), 7, 11 (2 communautés), 12, 13; Vitry-le-François : 2 (Hautefontaine), 3, 4 (2 hameaux), 6, 9; Verdun : 1, 2, 3, 4, 5 (2 hameaux), 6 (idem), 11; Vic : 5, 8, 9, etc.; Toul : 7, 8, 12; Soissons : quantité de hameaux d'une dizaine de feux; Châtillon-sur-Marne : 6, 8; Sedan, Carignan, Mouzon, Bouzonville, Sarreguemines, Bitche : nombreux petits hameaux; Châtel-sur-Moselle : 6, 9, 14; Reims : 2, 3, 4 (2 hameaux), 6 (2 hameaux), 7, 8, 9 10, 11, 12, 15, 16, 17 (3 hameaux), 18 (2 hameaux, etc.). Mais quittons le Nord et l'Est; voyons au Sud. Le Puy-en-Velay : 2, 5; Rodez : 3, 4, 6 (2 hameaux), 7 (2 hameaux), 8, 10, 12, 13 (2 hameaux), 15 (2 hameaux), 19 (2 hameaux); Saintes : 12, 14, 17.

chaine convocation (1). Les officiers municipaux de Pamiers présentèrent une requête au roi pour se plaindre que cette ville n'ait eu que 4 députés, tandis que « des communautés de campagne, qui n'ont qu'un hameau composé d'un *petit nombre de maisons, quelquefois une seule* », comme celles qui ont été mentionnées plus haut, en ont 2. Ceux de Troyes adressèrent des plaintes analogues, et leur porte-voix auprès de Necker expliquait (M. Sainton à Necker, 22 mars) que « c'est le nombre très multiplié des hameaux » qui a donné 676 députés des campagnes au lieu de 400, « inconvénient qui n'a pas été prévu et qui double presque le nombre des députés dont la majeure partie ne représente pas 40 feux (2) ». La justesse de ces plaintes est confirmée par les savantes recherches de M. Viguier, qui prouve, pour la Provence, qu'on s'est appliqué « à favoriser les petites paroisses plus malléables et à diminuer les gros centres plus turbulents ».

On favorisait les petites paroisses, et ces faveurs devaient leur coûter bien cher. Aussi, malgré tout, beaucoup de villages cherchèrent à se soustraire à cette corvée. Un grand nombre se contentèrent d'envoyer un seul député, et la cause n'en échappe point à certains magistrats. Le lieutenant de Huningue signalait ce fait au ministre, en l'expliquant ainsi : « Et cela pour épargner les frais (3). » Celui de Colmar indiquait également que cela se faisait « par vues d'économie (4) ». Celui de Thionville mentionnait l'autre motif qui faisait élire un député au lieu de deux : « Je n'ai pas cru devoir retarder les opérations pour ce léger défaut, les communautés ayant pensé qu'un député suffisait, *ne*

(1) B[a] 9, l. 3, 6°.
(2) BIII, 151, f° 215-221. B[a] 83, l. 205, 206, 7°, 8°.
(3) 13 août. BIII, 27, f° 322-324.
(4) 12 avril. BIII, 49, f° 368 371.

trouvant d'ailleurs personne qui voulût accepter cette commission (1). »

Le lieutenant général de Briey affirme que « foncièrement c'est trop de 2 députés pour une petite communauté. Il paraît qu'en pareilles occasions ce serait fort bien fait de n'en accorder qu'une à celles qui n'ont pas 50 feux, et peut-être serait-ce encore mieux de réduire à ce nombre toutes celles qui n'en ont pas 100 (2) ».

Mais tous les magistrats ne furent pas du même avis; il nous semble au contraire que la plupart, étant intéressés à augmenter autant que possible le nombre de leurs députés, voyaient cette réduction d'un mauvais œil. On trouve dans bon nombre de listes la constatation de l'élection d'un seul député avec cette remarque : « Aurait *dû* avoir deux » (Sens) — qui indique que l'on considérait cela comme un devoir, et non pas comme un simple droit. C'est le bailliage de Beaune qui fut particulièrement sévère. On n'y grogna pas, il est vrai, contre la communauté (si l'on peut donner cette dénomination à un endroit habité par *un seul* électeur) de Bléfond, qui « n'y ayant qu'un propriétaire, ou un feu, n'a fourni qu'un député » — autant d'électeurs que d'élus ! Mais on parut étonné que bon nombre de hameaux, comme Creuse (3 feux) le Boulois (3 feux), etc., n'envoyassent qu'un député, et l'annotation suivante se trouve en marge à l'état des feux auprès de chacune de ces localités : « Cette communauté n'a voulu nommer qu'un député, quoique les règlements et *ordres* lui aient été signifiés ainsi qu'aux autres (3). » Certains bailliages répondaient d'une façon

(1) BIII, 87, f° 416-418. 13 avril.

(2) BIII, 21, f° 510, 511. Beaucoup de villages du ressort de Guéret ne nommèrent qu'un seul député ; l'un d'eux, la collecte de Clupeau, délibère « *Attendu que cette collecte est si petite*, elle a cru qu'il n'était pas nécessaire de nommer plusieurs députés ». (Duval, p. 78).

(3) Ba 13, l. 8,

bien simple à ces élections insuffisantes ; on donnait défaut contre le second député qui n'avait pas été élu, et c'est comme cela que Vesoul (Amont) n'ayant que 8 communautés non comparantes, calcula le chiffre des défauts, les absents y compris, à 160 députés (1) !

L'état des feux de la sénéchaussée de Villefranche en Beaujolais indique pour beaucoup de communautés un seul député, en ajoutant cette remarque : « L'autre défaillant (1). »

On se gêna encore moins à Maubeuge, pour donner défaut « contre la communauté de Beaurieux (34 feux), laquelle n'a nommé qu'un seul député » (Procès-verbal). L'attitude des magistrats fut, on le voit, fort diverse vis-à-vis de ces députations « insuffisantes » (?), ce qui n'empêchait pas ce phénomène de s'être produit un peu partout. Dans la sénéchaussée de Rodez, 8 communautés avec un feu élurent 1 député chacune, des hameaux de 3, 5, 6 et 7 feux en firent de même. On en a enregistré à Reims une douzaine (2, 6, 11, 12, 13, 13, 17, 17, 19, 20, 23, 90 feux) ; à Amiens, 14 communautés, ayant moins de 100 feux ; à Montargis, 5 paroisses ; à Cahors, 4 ; à Bruyères, 8 ; à Toul, plus d'une dizaine (2, 3, 12, 12, 14, 15, 16 feux, etc.) ; à Sens, 8 ; à Saint-Pol, 4, etc.

Outre les députations dites insuffisantes, les petites communautés de campagne avaient trouvé un autre moyen de se soustraire aux exigences exhorbitantes du règlement, pris à la lettre, par la réunion de paroisses et l'élection d'un même député par différentes communautés. La réunion de deux villages voisins pour élire conjointement un ou deux députés fut une ressource précieuse pour les petits villages. Ils diminuaient par là les frais de la dépu-

(1) Ba 13, l. 8, 1o.
(2) Ba 85, l. 215.

tation, trouvaient plus facilement des sujets capables de l'accepter, et formaient une assemblée assez considérable pour que l'on pût délibérer en augmentant ses lumières par un échange d'opinions avec les voisins. Car il y eut des hameaux vraiment trop petits pour pouvoir former une assemblée de paroisse. Par exemple, la délibération d'une communauté ayant un seul électeur, comme on en a vu, ne pouvait être qu'un monologue, et celle de 2 ou 3, un dialogue à peine. Était-ce cela qu'exigeait le règlement? Dans la sénéchaussée de Cerdagne, la Perche, hameau à 2 feux, se réunit à la Cabanasse, la plus voisine, « à cause sans doute de l'impossibilité de former une assemblée par son petit nombre de feux, ce qui est rapporté dans le procès-verbal de ces deux communautés ». (Observation en marge du procès-verbal.) Ces réunions se sont produites un peu partout : à Amiens, Beauvais, Briey, etc. A Guise, 3 communautés s'étant réunies, élurent 3 députés au lieu de 6, et 4 autres, se réunirent par paires pour élire 4 députés au lieu des 8 qu'elles « devraient » envoyer. (Procès-verbal du 5 mars.)

Pour ce qui concerne la représentation de plusieurs villages par un seul homme, elle fut très mal reçue aux assemblées. Une députation pareille offrait en effet les plus grands inconvénients. Elle prouvait une grande misère, tant matérielle qu'intellectuelle. Les représentants uniques de plusieurs villages étaient des personnages fort riches et influents, qui pouvaient par cela même devenir dangereux. Aussi ne leur accordait-on pas, au moment du vote des assemblées des bailliages ou sénéchaussées, le nombre de voix qu'ils représentaient. A l'assemblée du bailliage de Saumur, on vit paraître, muni des pouvoirs de 3 villages, M. de Montsabert, aristocrate aspirant à la députation, et dénoncé par un curé, qui lui attribua ce propos « que le tiers état était comme des chiens de meute qu'on fait rentrer au chenil à coup de fouet (1) ».

A Toul, ce fut un défenseur de la cause du Tiers état, écrivain connu et rédacteur du cahier général, François de Neufchâteau, qui représentait 9 paroisses à lui seul.

A Épernay, un juge bailli, C.-F. Chagrot, représenta 6 communautés, et C.-J. Polin en représenta 2, « apparemment comme juge des justices de ces lieux (2) ».

L'état des feux de la sénéchaussée de Villefranche-de-Rouergue constate 62 « doubles emplois (3) »; celui de Vitry-le-François en indique aussi quelques cas (4).

Les mêmes causes qui forçaient les électeurs à diminuer le nombre de leurs députés contribuèrent, quand leur action combinée eut une intensité particulièrement grande, à provoquer des abstentions complètes. Et ce furent peut-être les seuls défauts véritablement authentiques. Une petite communauté, très pauvre et peu nombreuse, effrayée d'une part par les dépenses, ne trouvant pas d'autre part des sujets pour la députation et des guides parmi les patriotes ou les ambitieux, s'abstenait tout à fait de prendre part aux opérations électorales. Sa pauvreté matérielle et intellectuelle en était cause. On voit d'ici les communautés composées d'un ou deux feux cherchant un rédacteur de cahier et un député. Le Mesnil-Vicomte, communauté défaillante à Conches, n'avait qu'un feu : « Il n'y a que le seigneur et son fermier. » Ce fermier, seul électeur, devait « délibérer » et prendre son député du dehors, à moins de se donner pleins pouvoirs à lui-même (5)...

(1) BIII, 140, f° 532, 544.
(2) Ba 86, l. 219, 3°. Lettre du lieutenant général à Barentin, 12 mars BIII, 158, f° 599-615.
(3) Ba 85, l. 216, 6°.
(4) Ba 86, l. 219, 3°
(5) BIII 65, f° 349. Ba 40.

A Beaune, sur 216 communautés convoquées, on donna défaut contre 4, mais quelles communautés ! 2 n'étaient composées que d'un feu chacune, 2 autres de 3 feux, et la plus grande était de 11 feux. On sait que l'indication « un feu » signifiait quelquefois un électeur et quelquefois moins encore, témoin la Napoule, village déguerpi et représenté par le seigneur, qui ne pouvait être électeur du Tiers état (Grasse). L'état des paroisses de Beaune précise, l'unique feu d'un de ces défaillants (Blanchefontaine) signifiait qu' « un seul est propriétaire, cultive et jouit de tout le territoire (1) ».

L'un des trois défauts du bailliage de Gray est tombé également sur le feu unique d'Artaufontaine. Arras donne défaut contre Anchin, « abbaye, sans autres habitants que les commensaux », et Hériprć, « simple ferme (2) »; Langres, contre le fief de Montvegnan, 2 feux, « habité par un fermier et par le concierge du château ». Ce dernier bailliage eut en tout 7 défauts, dont l'un contre un village de 42 feux (Epinant), et le reste contre des communautés microscopiques, composant 27 feux (Montvegnan y compris) (3).

A Metz, les trois hameaux défaillants sont Sommy (1 feu), Châtel-Saint-Blaise (2 feux), Chelaincourt (2 feux) (4).

A Mortagne, le seul défaut fut prononcé contre Contrebis (5 feux) (5).

Dans le bailliage de la Marche (réduit à Bar-le-Duc), il y a eu une quantité de fermes, forges, moulins et fourneaux, n'ayant pas 5 feux, qui seuls furent réellement défaillants (6). Les mandements défaillants de la sénéchaussée du

(1) B^a 13, l. 8, 14°.
(2) B^a 15, l. 14, 7°
(3) B^a 45, l. 101, 6°
(4) BIII, 86, f° 393. B^a 52.
(5) BIII, 116, f° 552. B^a 21, l. 30.
(6) BIII, 22, f° 396. B^a 19, l. 24, 22°.

Puy-en-Velay étaient de 6, 7, 9, 9, 10, 11, 15, 16, 18, 19, 20 feux, etc., sans atteindre 100 feux. Parmi les défauts de Rodez, on trouve 6 communautés n'ayant qu'un seul feu chacune, 3 n'en ayant que 2, 4 avec 3 feux, 3 avec 8 feux, 2 avec 11 et 12 feux, puis 5, 6, 7, 9, 10 feux, etc. (1). A Villefranche-de-Rouergue, 2 défauts furent prononcés contre des communautés d'un seul feu, et, parmi les autres défaillantes, une seule était un peu considérable (116 feux) (2). Dans les 6 défauts donnés à Forcalquier, un seul atteignit un village de 110 feux (Entrevennes), le reste était des hameaux de 4, 6, 8, 12 et 18 feux (3). M. Viguier (p. 225) dit qu'elles représentent « pourtant » 158 feux. Il serait plus exact de dire qu'elles représentent un seul village un peu sérieux, et puis de tout petits hameaux. Seulement, si l'on consulte au même ouvrage (p. 222) l'état des feux de la sénéchaussée de Digne, on trouve que cette dernière convoquait aussi Entrevennes. Par conséquent, c'était une paroisse mixte ou contestée, et, les 158 feux des six paroisses défaillantes se réduisent ainsi aux 48 feux des 5 petits hameaux.

Le défaut de ces petits hameaux ne nous étonne pas ; ce qui surprend au contraire, c'est la comparution de centaines de localités dans la même situation. Le peuple fit en 1789 beaucoup plus que l'on pouvait lui demander.

En dehors des obstacles que la comparution des paroisses rencontrait dans la composition même de certains villages, il y eut aussi les influences extérieures, qui exercèrent une action déprimante sur les manifestations de la volonté du peuple.

Les électeurs subirent la pression en 1789, malgré les

(1) Ba 73, l. 173, 7°.
(2) Ba 85, f° 216, 6°.
(3) Ba 41, l. 89, 5°.

efforts du gouvernement central pour faire régner une liberté complète. La pression eut plutôt la tendance de diriger les suffrages, et non pas d'empêcher que le vote se fît. Cependant on vit se produire des cas de ce genre aussi.

Le lieutenant principal de Toulouse faisait part à Barentin des réclamations de la communauté de Bonrepos, « qui se plaint d'avoir été empêchée d'obéir au règlement fait par le roi, pour la nomination des députés, par les menées du sieur Reden, leur seigneur, qui, de concert avec le secrétaire de ladite communauté, s'est opposé à ce qu'il fût convoqué aucune assemblée quoiqu'elle eût été demandée par les consuls...., l'opposition de ce seigneur a eu pour motif la crainte où il a été que ses vassaux ne fissent parvenir au pied du trône leurs justes réclamations au sujet des usurpations qu'il a faites des patrimoniaux de cette communauté (1) »..

A Nissergues (paroisse en Languedoc), le juge du lieu, appelé à l'assemblée, « demanda à voir le cahier des doléances, qui roulaient presque toutes sur les mauvais traitements et les torts que font à la communauté les Bénédictins de Villemagne..., seigneurs et décimateurs. Le sieur Montagnel, juge, étant l'âme damnée de ces moines, ne voulut point que nos plaintes parvinssent aux pieds du Trône ; voilà l'unique raison du refus qu'il fit ». Les élections ne purent se faire (2).

Les habitants de Moëres (bailliage de Bailleul), contre lesquels il avait été donné défaut, adressèrent une supplique à Necker, déclarant qu'ils avaient élu un député le 26 mars. « Mais, par interruption dans l'assemblée, occa-

(1) BIII, 126, f° 395. Montauban.
(2) BIII, 171, f° 83. Lettre du syndic Forain, ancien capitaine de grenadiers et chevalier de Saint-Louis, à Necker, 16 avril.

sionnée par un homme attaché à la régie, la Compagnie s'est séparée vers le soir, et n'ayant ni église, ni syndic, ni commissaire à la tête de notre assemblée, nous n'avons pu reprendre qu'avec beaucoup de peine, pour former notre cahier de doléances, qui n'a pu avoir lieu les 29 et 30 mars, et plusieurs habitants n'osaient paraître, sachant que les régisseurs disaient que cela n'était pas nécessaire ; l'huissier étant parti avec le règlement, nous étions privés de toutes instructions nécessaires. » Quand ils arrivèrent à Bailleul, il était trop tard (1).

Le lieutenant général d'Aix écrit à Necker : « Plusieurs communautés ont trouvé des difficultés de la part des lieutenants de juge et des greffiers des seigneurs pour rédiger leurs délibérations et leurs doléances ; j'ai cru devoir les autoriser à s'assembler sans eux (2). » Pendant l'assemblée de la prévôté et comté de Valenciennes, on vit se présenter L. Betremieux, habitant de Verchin, expliquant « que sa communauté ne pouvait comparaître en cette assemblée, parce que le procès-verbal et le cahier de doléances n'étaient pas arrêtés, à cause du refus qu'avait fait le bailli de ce village de laisser comprendre dans ledit cahier tout ce qu'avaient désiré les habitants ». L'assemblée prit fait et cause pour ces derniers, en y envoyant M. Tomboise, conseiller, de sorte que la communauté put finir son élection et la confection du cahier (3).

Les hommes de Verchin luttèrent jusqu'au bout et eurent raison de leurs ennemis ; mais combien y eut-il de villages qui n'eurent ni leur fermeté, ni leur chance, ni des hommes de la trempe de L. Betremieux !

Outre la pression, il pouvait arriver aussi différentes

(1) BIII, 20, f° 648. Ba 18, l. 21, 21°.
(2) BIII, 2, f° 137, 27 mars.
(3) BIII, 128, f° 487, 492. Procès-verbal. Ba 71, l. 169, 9°.

circonstances imprévues, des malentendus de toute espèce, qui entravaient la comparution des paroisses.

A Bouzonville, on donna défaut contre la baronnie d'Yberherren et ses dépendances ; mais l'état des paroisses explique que leurs députés « se sont présentés à l'auditoire, mais le sieur Richard (leur seigneur), leur ayant dit de retourner chez eux, avant l'appel des députés, et ne s'y étant plus trouvés, il a été donné défaut contre eux (1) ».

Dans la communauté de Prègues, défaillante à Béziers, les opérations électorales n'eurent pas lieu. « Le 20 mars 1789, un mendiant (2) arrive à Prègues à cinq heures après midi », porteur des lettres de convocation ; or, l'assemblée de la sénéchaussée avait commencé le 16 mars. L'assignation portée ainsi enjoignait à la communauté d'envoyer ses représentants dans les vingt-quatre heures, à cause du retard, car « M. le juge mage ne croyait point que Prègues, votre terre, fût une paroisse » (inscription au dos du règlement). « Le susdit mendiant remit tous ces papiers au seigneur de Prègues, qui le chargea de lui faire venir l'huissier, afin que celui-ci pût prendre la réponse.... L'huissier ne parut pas. La rigueur de la saison ayant enfin permis au seigneur de Prègues, vieillard et infirme, de se mettre en chemin », il arriva trop tard pour que sa réponse pût être acceptée ; cette réponse était que la chose ne pouvait se faire en vingt-quatre heures, car il fallait attendre dimanche prochain pour notifier aux habitants à la messe paroissiale, etc.

(1) Ba 77, l. 182.

(2) L'huissier déclare avoir passé les documents à « un des domestiques de M. de Prègues ». BIII, 171, fo 421-426. Mémoire pour le seigneur et la communauté de Prègues.

IV

On voit que les véritables abstentions, quand elles se sont produites, furent souvent indépendantes de la volonté des électeurs.

Aussi, plus on étudie les divers épisodes des élections rurales en 1789, plus on est disposé à douter de l'existence de défauts imputables à l'indifférence des paysans.

Une partie de ces doutes va être levée, quand la vérification de tous les villages aura été terminée. Du reste, la comparution des paroisses fut si complète, que même notre travail, tout sommaire qu'il est, permet de ramener le nombre des défauts à une quantité absolument négligeable.

Il y a à peine une dizaine de bailliages et sénéchaussées, où ce nombre des défauts est considérable (relativement), mais ils provoquent aussi des doutes sur leur valeur réelle, ou bien se laissent-ils réduire à rien ou presque rien.

C'est la gouvernance d'*Arras* qui a donné le maximum de défauts — 83, mais aussi sont-ils réductibles dans des proportions grandioses — à 11 seulement.

Car 57 communautés défaillantes comparurent à d'autres sièges : 5 à Saint-Omer, 5 à Béthune, 23 à Aire, 4 à Lens, 13 à Saint-Pol et 7 à Bapaume. 15 autres villages furent convoqués, « attendu que ce sont des enclaves ressortissant immédiatement au conseil d'Artois, au lieu et place duquel le bailliage d'Arras avait été subrogé pour la convocation aux Etats généraux » ; les causes de leur défaut sont rapportées comme suit : 5 furent en litige entre le conseil d'Artois et Lille (Annœulin, Bouvines, Provins, Mons-en-Pève, Dons) ; Dury (enclave de Flandres en Artois) « aura vraisemblablement comparu à Douai dont il est voisin (1) », Saint-Amé de Douai — partie de cette ville, circonscrite dans ses murs, Thérouanne comparut à Aire, Nédonchel, enclave du Boulonnais, envoya 1 député a l'assemblée de Boulogne, enfin une abbaye (Anchin) sans autres habitants que les commensaux, Gorre, prieuré sans habitants, Heripré, simple ferme, et quelques hameaux compris dans d'autres villages.

Toutes ces circonstances expliquent la remarque inscrite sur ce document : « C'est vraisemblablement mal à propos que M. le lieutenant général les a fait porter sur ce supplément (2). »

Vient ensuite la vaste sénéchaussée de *Moulins*. M. Cornillon (3) y compte 55 communautés non comparantes, ce qu'il trouve « extrêmement peu », vu le mauvais état des routes. Le lieutenant général s'en était plaint en effet au garde des sceaux (14 février), mais les routes étaient exécrables partout, sans parler des pays de montagnes, dont certains furent absolument impraticables. Aussi croyons-nous plus prudent de réserver notre conclusion jusqu'à plus ample information; nous saurons alors si ce sont des villages dont les députés furent absents, ou bien des paroisses défaillantes.

Pour la sénéchaussée de *Rennes*, signalée par M. Chassin comme ayant « à peine » 30 défauts, ce chiffre paraît contestable. L'intendant de Bretagne avait bien dit, qu'il n'y en avait eu « que 30 », mais la sénéchaussée, « est d'une si grande étendue (4), surtout pour l'arrière-fief, et son res-

(1) Nous avons trouvé tous ces villages dans la comparution de Lille, Douai et Boulogne.

(2) Noms des villes et villages qui n'ont pas déclaré le nombre de leurs feux, ou qui ont paru dans d'autres bailliages, ou qui n'ont paru dans aucunes assemblées. B[a] 15, l. 14, 7°.

(3) *Le Bourbonnais sous la Révolution*, I, 32. Nous n'avons trouvé que 42 paroisses et collectes défaillantes, mais M. Cornillon, qui connaît sa province de plus près, aura probablement donné le chiffre exact.

(4) Lettre du sénéchal à Barentin.

sort est mêlé avec un si grand nombre de juridictions royales, qu'il ne serait pas surprenant qu'on eût omis de convoquer quelques paroisses, ou qu'on en eût appelé, qui fussent dans le district d'une autre juridiction » (15 mai). C'est arrivé en effet. La sénéchaussée attira à elle 3 communautés mixtes convoquées par le siège de Saint-Aubin-du-Cormier; 4 ou 5 — à Fougères, 14 ou 15 — à Dinan (voir plus bas). De la même manière certaines communautés, assignées par Rennes, comparurent à d'autres sénéchaussées. Le sénéchal de Saint-Aubin-du-Cormier, en parlant des 3 communautés que Rennes avait attirées, ajoute : « De même que plusieurs autres dans le même cas sont venues à Saint-Aubin-du-Cormier, il se peut, peut-être, même que quelques paroisses nous soient venues à l'assemblée... quoiqu'elles fussent tenues à aller ailleurs, et je crois que cet inconvénient se rencontre dans plusieurs autres assemblées générales, les ressorts de presque tous les sièges étant si confus et si mêlés les uns avec les autres, qu'il est presque impossible de se reconnaître, de savoir ce qui dépend de l'un plutôt que de l'autre (1) » (lettre à Barentin du 27 mars). L'état des villes et paroisses de la sénéchaussée de Rennes, « qui ont été aussi assignées et qui ont laissé défaut », démontre que 16 paroisses seulement étaient de l'évêché de Rennes, le reste appartenant à ceux de Tréguier, Saint-Malo, Saint-Brieuc et Dol.

A *Clermont-Ferrand*, la liste des défaillants est très considérable, mais s'explique « tant à cause du combat de ressort entre Clermont et Riom, que par la distraction » d'une partie de la Haute-Auvergne, qui fut tenue, par le règlement du 15 février 1789, à comparaître à Saint-Flour. Du reste, on comprit que défaut ne pouvait être donné

(1) BIII, 37, f. 649, 686. BIII, 39, f. 970. Ba 26, l. 170 *bis*, 4°.

contre ces derniers, mais ce « combat » avec Riom produisit vraisemblablement une quarantaine de défauts (1).

A *Poitiers*, le nombre des défauts ne peut être constaté avec certitude, à cause du malentendu (mentionné plus haut) qui fit tarder une quantité de villages.

A *Lectoure* (Armagnac), les 34 défauts sont imputables principalement aux prétentions du siège de La Plume en Bruillois.

Dans le vaste bailliage de *Montbrison*, 20 paroisses et parcelles firent défaut sur 14 villes et 302 villages. Pour cette fois nous avons des preuves certaines de l'action du mauvais temps et des routes, témoins les villages qui arrivèrent en retard par cette raison, et les 6 autres qui, « enfouis dans la neige » ne purent pas comparaître (voyez plus haut). En outre 2 parcelles défaillantes (Saint-Rémi et Celles) faisaient partie de villages situés en Auvergne.

A *Amiens*, sur 960 comparants, il y eut 42 députés défaillants, représentant une vingtaine de villages, dont la moitié à peu près comparurent à Abbeville, et le village d'Argoules députa à Montreuil-sur-Mer (voyez plus haut).

Au *Puy-en-Velay*, il y eut 36 mandements défaillants, dont 5 comparurent à Annonay, 5 à Villeneuve-de-Berg, ainsi que d'autres, selon toutes probabilités; car la sénéchaussée était en contestation avec ses voisines au sujet d'un très grand nombre de communautés. D'autre part les routes furent impraticables, et les défauts tombèrent sur de petits hameaux en majeure partie. La neige aura aussi empêché beaucoup de députés de se présenter; le 28 février, le lieutenant général faisait part au garde des sceaux de ses inquiétudes au sujet des opérations électorales, car la neige tombait depuis trois jours sans discontinuer, le cour-

(1) Bııı, 33, l. 66, 9°.

rier de Mende avait couché la nuit dernière dans un bois, 2 huissiers, « partis ce matin pour aller à 2 lieues d'ici, ont trouvé les mêmes obstacles », les routes « obstruées par les neiges », ce sont « nos plus hautes montagnes » qui seront surtout difficiles à atteindre. Le 13 mars l'intendant de Montpellier parlait toujours de la neige dans le Velay; l'assemblée dut être retardée de quinze jours (1).

Dans la sénéchaussée de *Rodez*, même histoire. Il y fut décerné 62 défauts, mais le lieutenant général signale au ministre que l'assemblée a été très nombreuse, « malgré le temps affreux qu'il fait, et, quoique dans la plaine même il y ait 6 pouces de neige, il n'y a guère que les députés des communautés situées sur la montagne du Livezon qui ne se soient pas rendus ». (13 mars.)

Il ne cessait de se plaindre des difficultés qu'offraient les opérations électorales, vu l'éloignement de certaines paroisses, la difficulté des chemins, la rigueur de la saison, le trop court délai donné aux électeurs pour remplir toutes les opérations préliminaires. Mais il répéta, le 6 avril, que la principale source des défauts fut le mauvais temps (2).

Ce fut aussi le mauvais temps qui a provoqué probablement jusqu'à un certain point les 20 défauts de *Rivière-Verdun;* du moins 2 communautés contre lesquelles le défaut fut rabattu invoquèrent cette raison comme cause de leur retard. (Procès-verbal.)

Saint-Flour fut également fort éprouvé par le mauvais temps, les opérations furent retardées par l' « abondance des neiges qui avaient rendu impraticable la communication des montagnes ». (Lettre du grand bailli, 27 mars.) Et, comme d'autre part la sénéchaussée était en contestations avec ses sénéchaussées secondaires au sujet d'un grand

(1) B[a] 70, l. 166. B III, 125, f° 88-107.
(2) B[a] 73, l. 173 3°, 7°.

nombre de communautés, ces deux causes réunies produisirent une quantité très grande de défauts, qui demanderaient une vérification ultérieure (1).

Pour le bailliage de *Troyes*, d'assez grande étendue, M. Babeau (2) indique la non comparution de 24 communautés, dont la majeure partie, dit-il, s'est rendue aux sièges voisins ; il n'a malheureusement pas précisé, et nous n'avons pas réussi à compléter ces informations.

En dehors de ces bailliages et sénéchaussées, dans lesquels les défauts sont contestables et devront être dans tous les cas considérablement diminués, nous n'avons trouvé pour toute la France que 20 circonscriptions électorales, ayant depuis 11 jusqu'à 26 défauts. En voici le tableau :

Bailliages et sénéchaussées ayant décerné plus de 10 défauts.

RESSORTS	NOMBRE des paroisses défaillantes.	OBSERVATIONS
Arras	11	83 défauts réductibles.
Chartres	11	26 défauts, dont 11 contre des paroisses assignées par erreur, 2 retardataires et 2 omises.
Laon (Vermandois)	26	
Rouen	17	
Senlis	11	Contre 109 communautés comparantes. Chevreville députa à Crépy.
Nemours	11	
Chinon (sec.)	14	Contestations avec Langeais et autres sièges.
Saumur	12	193 paroisses.
Blois	12	Procès-verbal très confus.
Meaux	11	
Saint-Brieuc	19	
Anjou	13	828 députés comparants.
Angoulême	15	362 communautés convoquées.
Perpignan	21	Tout petits hameaux et 2 villages (71 et 109 f.).
Rivière-Verdun	20	

(1) Ba 41, l. 87, 4°.
(2) *Histoire de Troyes*, I, 144.

RESSORTS	NOMBRE des paroisses défaillantes.	OBSERVATIONS
Montpellier.	26	
Carcassonne	25	Contestations avec Castres.
Saint-Sever (sec. de Dax).	12	Sur 142 paroisses.
Casteljaloux (sec.)	11	Procès-verbal confus. Débordement de la Garonne.
Sarlat (sec.)	12	

Le reste des bailliages et sénéchaussées, au nombre d'environ 137, n'eut pas plus de 10 défauts au maximum, et pas plus de 3 défauts en moyenne. En voici le tableau ;

Bailliages et sénéchaussées ayant au-dessous de 10 communautés défaillantes.

RESSORTS	NOMBRE des paroisses défaillantes.	OBSERVATIONS
Amont (1) (Vesoul)	8	
Beaune (sec.).	4	Hameaux microscopiques sur 216 communautés.
Gray (sec.)	3	Artaufontaine, 1 feu.
(Anjou) La Flèche (sec.) .	2	
Château-Gontier.	6	4 autres comparurent à Angers.
(Arras) Aire (sec.).	1	Ligny.
Bapaume, id.	6	
Saint-Omer, id.	7	
Hesdin, id.	2	OEuf et Framecourt.
Autun	6	
Bourbon-Lancy (sec.). . .	2	
Mont-Cenis, id.	2	Défaut contre Vandenesse rabattu.
Aval	1	
Pontarlier (sec.)	3	
(Avesnes) Maubeuge (sec.).	1	Gontreuil, hameau de 6 feux, l'autre défaut (Beaurieux) nul.
La Marche, red. à Bar. . .	2	Forges, moulins, fourneaux formant 86 feux en tout. Les communautés de Harréville et Blévaincourt comparurent à Bourmont.
Beaujolais (Villefranche) .	4	

(1) Le procès-verbal avait calculé, pour la réduction au quart, 160 défauts contre 924 députés comparants, mais on y avait compris vraisemblablement les absents et les députations « insuffisantes ». Du reste l'état de comparution n'est pas très clair.

RESSORTS	NOMBRE des paroisses défaillantes.	OBSERVATIONS
Beauvais	3	Saint-Félix comparut à Clermont-en-Beauvaisis.
Bourges (Berry)	2	
Dun-le-Roi (sec.)	6	
Belley	4	Bailliage très considérable.
Béziers	4	« 8 petits lieux » dont 3 réclamés par Carcassonne et Prègues, dont le défaut est dû à un malentendu.
Bigorre (Tarbes)	2	
Bordeaux	2	Sur 357 communautés (Saint-Yzan et Saint-Germain), les autres rabattus.
Bourg-en-Bresse	1	Bailliage considérable.
(Bretagne) Nantes	3	
Vannes	4	Ce sont des paroisses de la ville de Vannes.
Châteaulin	1	
Lesneven	2	
Morlaix	2	
Ploërmel	2	
Caen	2	Sur 219 paroisses.
Cambrai	7	
Castelnaudary	6	Petits hameaux de 3, 3, 3, 5, 15 et 50 feux, 5 autres villages comparurent à Toulouse et 9 furent convoqués trop tard.
Castres	9	
(Caux) Dieppe (sec.)	5	
Neufchâtel (sec.)	8	
Châlons-sur-Marne	2	Bannay et Champeaubert.
Charolles	4	Ne dépendant du bailliage qu'en partie.
(Alençon) Exmes (sec.)	3	Garnetot, Godisson, Villebadin.
Argentan (sec.)	1	Lieury.
Verneuil (sec.)	1	Aube.
Arles	1	Roquemartine.
Avallon (sec.)	4	7 villages et le bail seigneurial de Noyers comparurent à Semur.
Arnay-le-Duc (sec.)	3	Le lieutenant civil annonce 2 ou 3 défauts (lettre à Barentin, 18 mars).
Chatellerault	10	Mi-parties.
Chaumont-en-Bassigny	4	Outre 5 villages mixtes, comparus aux sièges voisins.
Chaumont-en-Vexin	1	Halincourt, 10 feux.
Coutances	7	
Carentan (sec.)	1	Cauquigny, 12 feux.
Saint-Sauveur Lendelin (sec.)	1	
Valognes	1	Hameau de 3 feux, un village comparut à Saint-Sauveur-le-Vicomte.

RESSORTS	NOMBRE des paroisses défaillantes.	OBSERVATIONS
—	—	—
Couserans	1	Saint-Lizier, ville épiscopale.
Dax (Landes)	2	Saint-Vincent de Xaintes et Œyreluy (rabattu contre Mées).
(Dijon) Auxonne (sec.) . .	2	Franceau et Fresne-Saint-Mamès.
Saint-Jean-de-Losne (sec.).	1	Aiseray.
Dôle	1	
Ornans (sec.)	3	Hameaux de Nahin, Nans, Valbois (?)
Dourdan	3	
Etampes	3	Petits hameaux (Bonneveau, Buno, Champcueil).
(Evreux) Orbec (sec.) . . .	9	Portions de villages mixtes.
Conches (sec.)	5	
Orbec-Bernay (sec.)	1	Saint-Clair-d'Arcey.
Forcalquier	5	Hameaux microscopiques; Entrevennes convoqué à Digne.
Digne	1	Espinousse, 45 feux.
Haguenau et Wissembourg.	5	Sur 413 communautés.
Châtillon-sur-Seine	2	Pas d'indications précises, mais peu de défauts (lettre du lieut. 19 mars).
Langres	7	Tout petits hameaux.
Libourne	3	Laveyrie, Cazevert, Lugasson (1).
Lille	3	Hameaux; les fiefs de Haubourdin et Emmerin revendiquèrent leur indépendance et ne comparurent point.
Limoges	2	Montaigut, Valeix.
Saint-Yriex (sec.)	2	Ségur (ville), la Rochette (village); les autres défaillants n'ayant pas rôle séparé d'impositions.
Uzerche	3	Saint-Solve, Saint-Hilaire-les-Courbes, Selle,
Lyon	2	Parcelles (Arson-Vivant et Saint-Bonnet-les-Quarts), les autres défauts rabattus. Sénéchaussée très vaste.
Mâcon	9	Annexes, dont plusieurs mixtes. Les communautés de Chapaize et Versaugues n'avaient pas d'habitants sur le sol du bailliage.
Maine	2	Saint-Fraimbault-sur-Pisse et Vaucé, 8 villages mixtes comparurent aux sénéchaussées secondaires et celui de Glatigny n'avait pas rôle séparé d'impositions.
Château-du-Loir (sec.) . .	1	Saint-Benoit-sur-Sarthe; 6 communautés convoquées au Mans.

(1) Ces noms sont légèrement altérés dans la copie du procès-verbal donnée aux Archives parlementaires.

RESSORTS	NOMBRE des paroisses défaillantes.	OBSERVATIONS
Mamers (sec.)	1	Louzes.
Mantes et Meulan	1	Montchauvet.
Mende	3	Saint-Frézal d'Albuges, Verdezun, Saint-Chély-du-Tarn.
Guéret	1	La Pouge.
Metz	3	Hameaux microscopiques. Sommy, 1 feu; Chelaincourt, 2 f.; Châtel-Saint-Blaise, 2 feux.
Châtel-sur-Moselle	1	Frizon.
Montargis	2	La Motte-aux-Aulnois, Saint-Quentin-des-Marois. Saint-Martin-du-Fronsec comparut à Nevers.
Montfort-l'Amaury	3	Aunay-sous-Auneau, Gressay, Hargeville.
Montreuil-sur-Mer	1	Rebergues (1); Nampont-Saint-Firmin comparut à Abbeville, le défaut contre Argoules rabattu.
Nancy	2	Clairlieu (abbaye), 3 feux; Clevent, 2 feux.
Lunéville (red.)	1	Girivilliers.
Nérac	1	Saint-Simon (36 f.). La sénéchaussée de Castelmoron, contre laquelle on avait donné défaut, obtint la députation directe.
Nevers	1	Tamnay-sur-Loire (2).
(Perche) Mortagne (sec.)	1	Contrebis, 5 feux.
Périgueux	7	Paroisses et enclaves.
Bergerac (sec.)	6	Crue de la Dordogne.
Péronne	1	Warluzel.
Roye	9	Bouchoire et Boulogne comparurent à Montdidier.
Montdidier	1	Eguillancourt, 8 feux; Aubercourt, défaut nul.
Provins	1	Courcelle.
Cahors	3	
Gourdon (sec.)	8	
Lauzerte (sec.)	10	
Saint-Quentin	2	Essigny-le-Grand et Fresnoy-le-Petit; 2 défauts rabattus.
Valenciennes (sec.)	1	Vicoigne, 6 feux.
Saintes	7	
Pons (sec.)	2	
Tonnay-Charente	1	Saint-Coutant-le-Grand.
Usson (sec.) (Riom)	2	
Salers	3	

1) Cette communauté élut ses députés, qui se présentèrent à Ardres, mais y furent refusés, comme dépendant de Montreuil-sur-Mer.

2) Ce défaut paraît douteux.

RESSORTS	NOMBRE des paroisses défaillantes.	OBSERVATIONS
(Saint-Flour) Aurillac (sec.).	3	
(Rouen) Gisors (sec.) . . .	6	
Pont-de-l'Arche (sec.) . . .	1	
(Senlis) Compiègne (sec.) .	2	La prévôté de l'exemption de Pierrefonds comparut à Soissons.
Pontoise (sec.)	1	Les députés de Villeneuve-Saint-Martin absents (?)
(Troyes) Méry-sur-Seine (sec.)	1	Maizières-la-Grande.
(Laon) Chauny (sec.)	9	Sur 16 communautés défaillantes, 7 comparurent à Noyon.
Coucy (sec.)	7	
Marle (sec.).	2	
La Fère (sec.).		M. Fleury indique 3 députés manquants sur 82.
Sens	2	Brouix et Vezannes.
Sézanne	1	Barbuise comparut à Troyes (?)
Châtillon-sur-Marne (sec.).	2	Cumière et Hermonville (ce défaut n'est pas certain).
Vic (réd. à Toul)	5	Sur 10 défauts, 4 paroisses du Ban-l'Evêque et celle d'Aubecourt furent convoquées à Metz. Petits hameaux.
Toulouse	7	Sur 458 paroisses.
Tours	3	Contre 167 paroisses comparantes.
Châtillon-sur-Indre (sec.) .	3	Clos (?), Crox, Obterre.
Vendôme.	2	Epeigné et Chemillé.
Verdun.	4	Rambluzin, 2 f. ; Montaubé (?), 1 f. ; Wameau, 4 f. : Récourt, 42 f.
Villers-Cotterets	1	Chelles.
Villeneuve-de-Berg	2	Salavas et Goudoulet.
Villefranche-de-Rouergue .	9	2 communautés défaillantes n'avaient qu'un feu. Les routes étaient terribles : « passages interceptés », rivières enflées, etc.
Vitry-le-François	1	Toutes les paroisses défaillantes comparurent en d'autres sièges, excepté Bettancourt-la-Ferrée (25 f.) dont la comparution n'est pas indiquée.
Soissons	3	Longpont (22 f.), Maison-les-Reims (30 f.), Sommelan.
Toulon.	1	Collobrières.
Limoux	4	Hameaux (15 à 40 feux) sur 418 villes et villages. 20 défauts furent donnés contre des hameaux n'ayant pas rôles séparés d'imposition.
Clermont-en-Beauvaisis. .	2	Crillon et Troussures. 16 villages défaillants comparurent à Beauvais, 3 à Amiens, 1 à Montdidier. 22 défauts réduits à 2.

RESSORTS	NOMBRE des paroisses défaillantes.	OBSERVATIONS
Saint-Pol (sec.)	4	27 défauts réduits, car 17 communautés comparurent à Arras, 3 à Hesdin, 1 à Saint-Omer, 1 à Aire, 1 à Montreuil.
Beaumont-le-Roger (sec)		M. Boivin-Champeaux dit qu'il y eut peu de défauts.
Fougères	1	Sens, Roz-sur-Couesnon, Pleine Fougères et Feins comparurent à Rennes.
Dinan (1)	1	14 paroisses défaillantes comparurent à Rennes.
Châteauroux	3	Outre 9 paroisses mixtes comparues « selon toute apparence » ailleurs.
Auxerre	3	Sur 19 défauts produits par les contestations avec Nevers au sujet du Donziois. Tous comparurent à Nevers, excepté Corbelin, Saint-Pierre-du-Mont et Sully-le-Verger.

Si l'on ajoute que 130 sièges ont eu une comparution complète, l'attitude des paroisses doit sembler remarquablement brillante.

Or cette statistique sommaire, n'étant pas définitive, donne le chiffre maximum, qui sera probablement ultérieurement diminué, quand M. Brette sera arrivé au terme de son travail (2).

Mais un fait peut être acquis dès à présent. La comparution fut très complète partout, tant au nord, qu'au sud, à l'est, comme à l'ouest, pays d'états et pays d'élections,

(1) Les annotations en marge des états des feux déclarent pour Dinan et Fougères la comparution de toutes les paroisses défaillantes à Rennes ; mais, n'ayant pas trouvé celles de Vieuvy et de Caulne dans le nombre des comparants de cette dernière sénéchaussée, nous ne croyons pas pouvoir indiquer Dinan et Fougères dans le nombre des ressorts à comparution complète.

(2) Nos chiffres deviendront alors inutiles, et les erreurs que nous aurons pu commettre se trouveront rectifiées. Du reste, nous n'avons pas vérifié *tous* les bailliages et sénéchaussées, car les documents ne sont pas assez explicites dans beaucoup de cas.

pays pauvres et pays riches. Il n'y a pas eu une seule province « où l'indifférence des paysans se soit traduite par de notables abstentions ». Les seuls défauts sérieux furent provoqués par des circonstances particulières, indépendamment de la volonté des électeurs. M. Chassin suppose au contraire que c'est le fruit de l'indifférence produite par le bien-être des localités « où le sort des classes agricoles, sous l'empire de certaines causes particulières, était devenu moins pénible ». Il précise qu'il ne parut aux assemblées du Limousin, au dire de l'intendant, qu'une « très petite quantité des individus qui pouvaient y assister »; c'est que « la savante et généreuse administration de Turgot » y avait adouci le sort du peuple; par contre il pense que dans l'Angoumois l'empressement était très grand, car on vit comparaître des mendiants à La Magdelaine et des femmes à Chevanceau (1). Mais il s'agit ici de comparutions individuelles, et non de la représentation collective des paroisses. Quant à cette dernière, elle fut assez complète dans le Limousin (2) et, au contraire, les défauts furent relativement assez nombreux dans l'Angoumois (15 défauts). Du reste le Limousin n'était pas plus heureux que d'autres provinces (3). Un curé écrivait à Necker (19 avril) que les fermiers des seigneurs s'étaient fort enrichis dans cette année calamiteuse, à cause de la cherté des grains, mais que « cette classe pauvre de laboureurs, qui exploitent le bien des autres à titre de colons », était fort éprouvée; un

(1) M. Kareief réplique (p. 360) que quelques appréciations isolées et deux ou trois faits de ce genre ne peuvent donner matière à conclusion.

(2) Limoges, 2 défauts; Saint-Yrieix, 2; Brives et Tulle, comparution complète; Uzerche, 3 défauts.

(3) Turgot aurait protesté lui-même contre l'assertion de M. Chassin. Il est tombé précisément parce qu'il comprit que des palliatifs, comme ceux qu'il avait employés à Limoges, ne pouvaient rendre la condition du peuple meilleure.

autre appelait (2 avril) sa province « une des plus pauvres » du royaume (1).

Nous insistons sur ces réserves, parce que nous croyons pouvoir donner une explication diamétralement opposée des abstentions aux élections en 1789. Ce ne fut pas l'*indifférence* des classes agricoles un peu moins malheureuses, qui produisit les défaillances des paroisses non comparues, ce fut, au contraire, l'*impuissance* des populations particulièrement pauvres. Outre que la misère déprime et énerve l'énergie de ses victimes, les villages pauvres avaient d'autant moins d'électeurs, qu'ils avaient plus d'indigents non compris au rôle d'impositions. Mais écoutons plutôt ce qu'en disaient les contemporains. Les campagnes du Bas-Maine « ne sont habitées que par des fermiers *peu aisés*, occupés dans ce moment des travaux pressants des ensemencés de mars, et on connaît nombre de paroisses des environs dont les fermiers *n'ont pas les moyens* suffisants pour supporter *les frais d'un voyage* au Mans, à 15, 18, 20 et 22 lieues, et une absence de 8 et 10 jours hors de chez eux. Sur 123 paroisses qui composent la partie du Bas-Maine..., il n'y aura pas 30 dont les députés voudront ou *pourront* se rendre au Mans ». Le document insiste encore une fois sur « la misère réelle des campagnes du Bas-Maine ».

On nous allègue « l'inquiétude naturelle des paysans, *la crainte, comme ils s'expliquent déjà, de quelques nouvelles mangeries*, leur peu de moyens, un long voyage et coûteux, une absence de plusieurs jours dans un moment où leur présence est nécessaire pour faire leur mars (2) ». Encore

(1) B^a 47, l. 108, 3°.

(2) Mémoire par plusieurs membres de la noblesse et du tiers état de Bas Maine et requête au grand sénéchal par la noblesse et le tiers réunis des villes de Mayenne, Ernée et Lassay. (B III 78, f° 207-213, 230-236. B^a 49, l. 115, 3°.) Le but polémique de ces documents n'empêche pas de mettre en relief un état de choses suggestif.

de nouvelles mangeries ! Était-ce une réminiscence du propos attribué à un paysan à l'occasion des assemblées provinciales de 1787 ? Ou bien cette « défiance toujours tremblante » agitait-elle les esprits en 1789 ?

Un ami du peuple, Vauban, avait bien dit que « les peuples sont extrêmement prévenus contre les nouveautés, qui jusqu'ici leur ont toujours fait du mal et jamais de bien ». On joua sur cette corde en 1789. M. Quichandlion, député de Chalais, écrit à Necker : « Le 2 de ce mois, un juge d'évêque, et tout à la fois son fermier dans la même terre, se trouva au marché de Chalais, où j'étais ; il disait hautement qu'il savait de voie sûre, par l'arrivée de Paris de plusieurs personnes distinguées, que les États généraux n'auraient pas lieu, que toutes les assemblées des provinces n'aboutiraient à rien, et que les plaintes du tiers état ne serviraient au contraire qu'à lui nuire. Que M. Necker ne serait pas toujours. Le frère d'un élu et subdélégué, autre juge, ajoutait que tout le peuple devait demander la continuation du régime actuel ; que tout cela n'était que pour mieux connaître ses facultés et le charger davantage d'impôts (1). » Plus un paysan était pauvre, plus il devait se laisser émouvoir par des propos pareils. Et puis la phrase de l'évêque de Blois sur la rosée tombant sur tout le monde n'était pas faite pour lui, car il avait des nécessités urgentes à pourvoir. S'il se laissait mourir de faim, il ne verrait pas cette rosée tomber sur tout le monde, à la suite des États généraux. « La classe des laboureurs est si pauvre, si épuisée, que les frais de voyage aux assemblées et le temps y employé les effrayeront indubitablement (2). »

Ces prévisions pessimistes ne se réalisèrent point. Les

(1) 23 mars 1789. BIII, 167, f° 452.
(2) Lettre du lieutenant de Laval à Barentin, 22 février. BIII, 79, f° 397.

populations absolument misérables, comme celles qui étaient relativement aisées, mirent un empressement égal à coopérer à l'œuvre commune. Mais il y a eu quelques défaillances par ci, par là. Ce furent probablement (1) les localités particulièrement petites, habitées par des hommes particulièrement pauvres. Quand les habitants d'un hameau étaient comparativement aisés, ils arrivaient à envoyer des députés, malgré les petites dimensions du hameau. Mais la pauvreté, accompagnant cet inconvénient, fut un obstacle invincible. Les habitants craignaient les frais qu'entraînerait la députation. Plus le village était petit, plus la dépense, répartie entre tous les électeurs, devait tomber lourdement sur chacun ; et moins on avait le choix pour trouver des candidats au sein du hameau. Quant à aller chercher ailleurs des personnes de bonne volonté, cela prenait du temps à un moment où chaque heure était précieuse.

Nous ne jetterons pas la pierre à ces pauvres gens, dont la misère fut une « vis major ». On n'a pas d'indulgence à demander à leur égard ; la justice suffit pour les acquitter. Du reste, ils ne furent pas nombreux. Aussi, tout en ne partageant pas une des suppositions émises par M. Chassin, nous croyons avoir fourni de nouvelles preuves à l'appui de la thèse principale de cet historien éminent, savoir la part active prise par le peuple à ces opérations mémorables, marquant la condamnation de l'ancien régime par lui-même et par ses victimes.

A. Onou,
Membre de la Société historique
à l'Université de Saint-Pétersbourg.

(1) Tous les défauts nuls et non avenus n'ayant pas été vérifiés jusqu'au bout, cette conclusion ne peut être donnée que comme la supposition la plus probable.

Paris. — L. Maretheux, imprimeur, 1, rue Cassette.

www.ingramcontent.com/pod-product-compliance
Ingram Content Group UK Ltd.
Pitfield, Milton Keynes, MK11 3LW, UK
UKHW020324220726
13923UKWH00003B/1356

9 782016 112397